宮中は噂のたえない職場にて 二

天城智尋

角川文庫
23953

目次

主な登場人物

梓《あずさ》子《こ》

藤袴小侍従の名で梅壺にお仕え中。幼いころから人ならざるモノが視え「あやしの君」などと呼ばれている。受けた仕事は完遂する、が信念。

光《みつ》影《かげ》

右近少将。帝の寵臣。左大臣の猶子。艶めいた噂がたえず当代一の色好みで知られる美貌の貴公子。常にやや寝不足気味で気だるげ。二世の源氏。

イラスト／woonak

帝《みかど》

今上帝。主上。光影がお気に入りで強い信頼を寄せる。自由で飄々とした一面も。

左《さ》大《だい》臣《じん》

現宮中で臣下として最高位にある人物。光影の猶父。

桔《き》梗《きょう》、紫《し》苑《おん》、竜《りん》胆《どう》、女郎花《おみなえし》、撫《なで》子《しこ》

梅壺に仕える梓子の同僚の女房たち。それぞれ一芸持ち。

多《た》田《だの》兼《かね》明《あきら》

梓子の乳母子。左近衛府の近衛舎人。過保護な兄のような存在。

典侍《ないしのすけ》

梓子の乳母・大江の妹。梓子のことを何かと気にかけている。実質的な宮中女官のまとめ役。

左《ひだり》の女《にょう》御《ご》

凝華舎（梅壺）を賜っている、凜とした雰囲気の女御。左大臣家の大君（長女）。

萩《はぎ》野《の》

梅壺の女房の統括役を務める熟練の女房。

柏《かしわ》

梅壺に仕える女房。宮中の噂話を集める役割を担う。

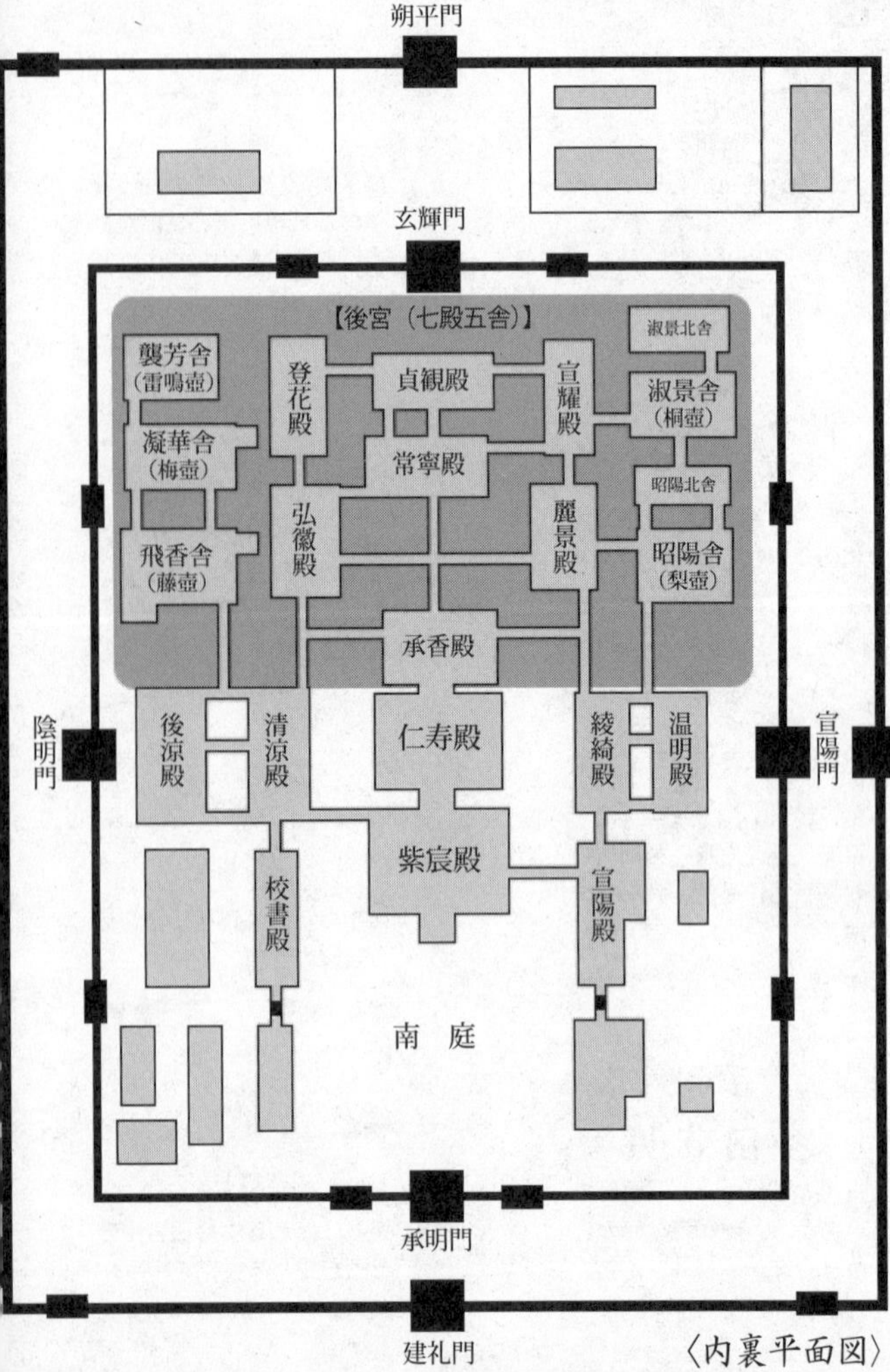

朔平門
玄輝門
【後宮（七殿五舎）】
襲芳舎
（雷鳴壺）
登花殿
貞観殿
宣耀殿
淑景北舎
淑景舎
（桐壺）
凝華舎
（梅壺）
常寧殿
昭陽北舎
弘徽殿
麗景殿
飛香舎
（藤壺）
昭陽舎
（梨壺）
承香殿
後涼殿
清涼殿
仁寿殿
綾綺殿
温明殿
陰明門
宣陽門
建春門
紫宸殿
校書殿
宣陽殿
南庭
承明門
建礼門

〈内裏平面図〉

壱話

きざはし

■序■

京の最奥に、九重《ここのえ》の呼び名にふさわしく幾重にも守られたこの国の中枢たる内裏がある。その内裏の北側にあるのが、七殿《しちでん》五舎《ごしゃ》からなる後宮だった。大陸の大国と異なり、殿方の出入りも多い本朝の後宮ではあるが、やはり女人は多く、殿舎の主《あるじ》に仕える女房たちの一人一人が、九重を体現しているかのような、華やかで色合わせの妙に満ちた衣を重ねまとっている。

そんな女房たちの簀子《すのこ》を進む衣擦《きぬず》れの音に、足を止めて、進む道を譲った者の声が重なる。

「梅壺《うめつぼ》の方々ね。……一人、半端者が含まれているようだけど」

開いた蝙蝠《かわほり》で口元を隠すも、梓子《あずさこ》の耳に狙いを定めた小声だ。内侍所《ないしどころ》の雑事女房から主持ちの女房になって数カ月、宮中名物の聞こえるようにヒソヒソ話は、いまだ健在のようである。

「本当ね。雑用に出された身で梅壺に居座った上に、ほかの方々と並び歩くなんて、お心を物《もの》の怪《け》にでも乗っ取られたのではないかしら。なにせ、『あやしの君』ですものね」

梓子は耳に入った言葉に、女房三人がほぼ横並びで歩くのはさすがに良くないかと、少し歩みを緩めようとした。

「気にすることありませんわ、藤袴殿《ふじばかまどの》」

か細い声で、でもきっぱりと、並び歩いていた同じ梅壺に仕える女房の紫苑《しおん》が言った。

紫苑は、梅壺に仕える女房の中では三番目に若い。内気で口数が少ない上に、常に小さな声で話すことから、最初は儚《はかな》げな人物という印象を受ける。だが、その芯《しん》は強く、先ほどのようなことがあると、後ろに下がりがちな梓子の背を、ハッキリとした言葉で力強く押してくれる。

「紫苑の言うとおりよ。そもそもほかの殿舎の女房が何を言おうと気にしていられるほど暇じゃないのよ、うちの殿舎は」

そのさらにとなりから、同じく梅壺付の女房である桔梗《ききょう》が言う。彼女は、梓子と同じ年頃の女房で、真面目で面倒見がいいので、梓子にとってとても頼りになる存在だ。だが、彼女の梅壺愛は非常に強いので、梓子に限らず梅壺の誰かが、宮仕え名物の聞こえるようにヒソヒソ話のネタにされようものなら、一言言わずにはいられない性分である。

桔梗が、少し声を大きくした。

「ここでの用件を済ませたら、さっさと梅壺に戻るわよ。左の女御様《にょうご》が、梅壺の記録係である藤袴小侍従《こじじゅう》の帰りをお待ちだわ」

先ほどの聞こえるようにヒソヒソ話をしていた女房たちが背後の御簾《みす》の奥のほうへと

逃げていく。ここ後宮では、仕える主からいただいた個別名を持つ女房のほうが、個別名を持たぬ女房よりも尊重される。それは、女房本人ではなく、主である女御を敬ってのことであるが。

梓子たちが仕える凝華舎《ぎょうかしゃ》、通称梅壺の主は左の女御と呼ばれている。現在の宮中で人臣最高位にある左大臣《さだいじん》の大君《おおいぎみ》（長女）と後ろ盾が強固な上に、最近では帝《みかど》の寵愛《ちょうあい》を一身に受けるようになった。その今を時めく左の女御の殿舎に仕える女房たちは、非常に忙しい。

梅壺に仕える女房は、梓子を含めて十一人。ほかの殿舎に比べるとかなり少ない。左の女御が入内《じゅだい》した当時は、気合を入れ過ぎた左大臣が四十人もの女房を置いたらしい。ただ、その後しばらくして、あまり帝のお渡りがないことを嘆いた左大臣は、帝から『人が居すぎて息が詰まる』とのお言葉を賜った。そこから左大臣は徐々に人を減らし、ついには当初の四分の一ほどになった。『梅壺の女房になるには一芸が必要』と言われるほどに、なにかしらの特技を持つ女房たちだけが仕えている。人を減らした分、一人の女房が担う役割は大きく、後宮一忙しい殿舎と言われている。ただ、梅壺の女房の統括役である萩野《はぎの》がきっちりと全体を見ているので、それぞれの女房なりに仕事はこなせている。

この少数精鋭であることが知られているためか、数カ月前から梅壺に仕えている梓子を、あくまで人手が足りない故に内侍所から派遣された女房と見る者がいる。その多くは、梓子が典侍《ないしのすけ》の縁者ではあるが出自の詳細が明らかでないため、左の女御に仕える身分にはないという考えからくるものだ。

「梅壺仕えと思われていないのも致し方ありません。基本的には記録係として女御様のお側におりますので、梅壺の女房として表に出ることは少ないですから。……まあ、モノ関連では梅壺の外に居ることが多いですが、そちらは主上の勅で動いているということもあり、より内侍所からの派遣である認識が強いので」

ほかの殿舎の女房たちからすれば、それこそ『あやしの君』の呼び名どおりの仕事をしている面しか見えないのだ。藤袴の個別名を覚えてもらうことは難しい。『あやしの君』や『モノ愛《め》づる君』のほうが、「ああ、あの人ね」となるくらいだ。

梓子には幼い頃からモノや妖《あやかし》、物の怪の類《たぐい》が視えていた。それも、かなりはっきりと視えているため、人の姿をした物の怪は、常の人と見分けがつかない。そのため、宮仕え当初から、ほかの人には視えていない存在と廊下ですれ違う際に道を譲ったり、挨拶《あいさつ》したりということがあり、すっかり『人の世でなく、あちら側に片脚突っ込んでいる人』扱いを受けるようになり、数々のモノ関連の通り名で呼ばれるようになったのだ。

「とはいえ、今日は梅壺の女房として動いているじゃない。本当は、こういう時こそ後宮を歩き回って藤袴の名を知らしめたいところよね。……それに、さ。この程度の嫌みや皮肉に反応していたら、この先、身が持たないわよ。右近少将《うこんのしょうしょう》様の二条《にじょう》の御屋敷に迎えられる件が宮中で知られた……はぐぅ」

桔梗の顔に、手に持っていた箱を押し付け、梓子は小声で訴えた。

「そ、その件はどうか内密に！」

宮中は噂が広まるのがとにかく早い。殊に、右近少将に関する噂は広がるのが早いばかりか、尾ひれが数えきれないほどついてくるのだ。

「広まれば……噂に名の上がった何十人もの女性が、あの方の二条の御屋敷に押しかけてくることになりかねないので」

桔梗だけでなく、紫苑も無言で頷《うなず》いた。この手の懸念が冗談で終わらない人、それが右近衛府《うこんえふ》の少将にして、宮中では『輝く少将』とも呼ばれる、艶《つや》めいた噂のたえない当代一の色好み、源光影《みなもとのみつかげ》という人なのである。

初夏の夕暮れは、静かに夜を連れてくる。空が赤く燃えることなく、空の青が徐々に濃くなって、いつの間にか紺青が夜闇になっている。その夜闇に訪問者が一人、梓子の局《つぼね》の前で足を止めた。昼時に噂をしていた右近少将だった。

「静かでいい夜だね、小侍従」

穏やかな挨拶の声に続けて、いつもどおり御簾の前に腰を下ろすと、広げた蝙蝠の裏で小さく笑う。

「二条の件、梅壺のみんなに口止めしているんだって？　私としては大々的に言いふらしたいと思っているのにな」

端整な容貌《ようぼう》に少し気だるげな表情を浮かべ、蝙蝠の上から覗《のぞ》く、やや伏せた目元には、御簾越しでも届く過剰なまでの色香を漂わせている。もっとも、このいかにも当代一の色好みといった気だるげな雰囲気の原因は、艶めいた噂にあるような、夜ごとどこかにお通いだからではなく、端的に言えば、単なる寝不足である。それは、その身にまとう、梓子の目には黒い靄《もや》として視えているモノによる寝不足だ。モノは夕刻になると性質として活発化する。そのため、モノを寄せる体質を自覚した幼少期からずっと、少将はうまく眠れない日々に耐えてきたそうだ。

そのモノを頭のどこかで意識しながら浅い眠りに耐えてきた結果が、艶めいた噂が絶えることなく湧き出てくる、実のない当代一の色好みの通り名なのだから、報われない。

「勘弁してください。桔梗さんたちにも言ったことですが、二条の件が噂になれば、名のあがった何十人もの女性が、少将様の二条の御屋敷に押しかけてきますよ」

同僚の女房たちに言うよりも強く、梓子は少将にそう断言した。

梅壺の女房の局を『輝く少将』が頻繁に訪ねていることは、よく知られてはいる。ただし、相手が『あやしの君』で『モノ愛づる君』と呼ばれている梓子だから、あくまで帝の勅による仕事上の関係である、という見方が大勢を占めていた。それでも少将が梓子の局を訪ねるのが気に入らないと感じている女房も多く、梓子の噂はあることないことたくさん宮中を飛び交っている状態だ。これほど堂々と梓子の局の前に座しているにもかかわらず、実際に通っているのは別の女房で、梓子とのことは本命隠しの偽装だという噂もあるほど、少将に梓子という組み合わせは認められない、そう思っている人々が多いらしい。

「それは、私も勘弁してほしいね。まったく、いったいどこから身に覚えのない相手の名が次々と出てくるんだろう。噂の出所の最初の一人に、ぜひ真意を問いたいよ。私は、ほぼ毎夜、君の局を訪れているというのに、実のある話ほど、噂にならないのは何なんだろうね」

少将は、お怒りというより、呆《あき》れを含んだ苦笑いを、広げた蝙蝠《かわほり》の裏に隠した。

「宮中に流れるわたしに関する噂で実があるのは、モノ関連と筆が速い程度でしょうか。……ああ、あと『実は、上達部《かんだちめ》の隠し子だから少将様が気にかけている』というものもあるようですね」

梓子が典侍の縁者であっても出自の詳細が不明であることから、本当は『やんごとなき姫なのでは』という考えに至ったらしい。噂を流している人々からすれば、もっとも信憑性《しんぴょうせい》に欠く、からかい半分の話なのだろうが、梓子の数ある噂の中で、数少ない真実の一つがこれだ。

「それで周囲が、私と君の仲に納得するなら、君の父方の話を公表してしまいたいところだけど……まあ、難しくはあるね」

少将は近くの柱に万年寝不足の身体を支えさせると、ため息をつく。

「内大臣《ないだいじん》……元内大臣、いや、准大臣とお呼びすることになったんだったかな。いま、あの御方の娘として名が出ることは、良くない噂を増やすだけになるかもしれないね」

准大臣は『大臣に准ずる待遇を受ける者』という意味を持つ。『献上すべきでない桃の木を宮中に持ち込んだ』という『もものえ』の不始末によって、内大臣の地位を失った人物が与えられた官職のような官職ではない称号だ。

鬼を閉じ込める力を宿した呪物《じゅぶつ》を宮中に持ち込んだにしては、甘い処分だという見方もあるが、呪物を持ち込んだことも宮中で死穢《しえ》を出したことも、多方面への影響を考えると、なかったことにせざるを得なかったのだ。なにせ、呪物が置かれ、死穢が出たのは紫《し》宸殿《しんでん》の目の前、南庭でのことだった。事を公にして、祓《はら》いのために場を一定期間閉鎖するのも、物忌みで人々を出仕停止にするのも、ほぼこの国の政を完全停止するに等しいため、こういう形で終わらせることになったのだ。

本来であれば、もっと厳しい処分を受けるはずだったこの元内大臣で現准大臣というのが、梓子の実父だった。

梓子の母は、かつて宮中に仕えていた女房だったが、当時の関白の後嗣にして帝の寵姫の兄だった梓子の実父に（よく言えば）見初められて、その所有する屋敷の一つに囲われた。母は梓子を身ごもったことで足が遠のいた隙に、囲われていた屋敷から父親（梓子の祖父）のもとに逃げ込んだ。そこで梓子を産み、父親経由で得られた乳母《めのと》の家に移動し、梓子を育てた。自身が亡くなる際にも娘の父親に報《しら》せることなく、信頼する乳母に梓子の養育を託したのだ。母は、世間というより娘の父から、娘を完全に隠すことを望んでいたようだ。梓子の父が准大臣という特殊な地位に置かれるに至った所業を振り返るに、母のその判断は正しかったと思われる。

「君が悪く言われるかもしれないのは、私としても避けたいところだ」

少将は『悪く言われるかもしれない』と表現したが、どうやっても悪く言われることになる。宮中の噂は、とにかく尾ひれがつきやすい。献上すべきではない桃の木を宮中に入れさせたのが梓子だったと言われかねない。

「これまでもこれからも、あの御方とは無関係でいたいですね」

これまで父と呼んだことも思ったこともなく、これからも父と呼ぶ気はない。『あの御方』でいい。それが梓子の本音だ。

「誰が父親であろうと、君は君なのにね」

そういう少将は、父である親王がすでに出家しており、左大臣の北の方が少将の母と姉妹であることから、左大臣の猶子となった身だ。自身も一度は仏門に入った身だからか、家との関係を断った個としての自分を確立しているのかもしれない。ただ、梓子の出自に関して、最初からあまり気にしてはいなかった。少将は梓子の母方の家に関して、興味はあるようではある。

「だいたい、君のモノを縛る技は女系で継いでいるものでしょう？　父方の家は、君に限っては無関係でいいと思う。母上の『古都の神事に関わった家の末裔《まつえい》』という出自だけで、十分に威力があるよ。……いっそのこと母方の家のほうで、改めて後見してくれると周りも勝手なことを言わなくなっていいんだけど」

宮中に仕える女房は、多少の身分の差はあれども、自邸に戻ればかしずかれる側になる貴族女性しかいない。庶民ではない分、どれだけ由緒正しい血筋なのかが強い力を発揮することになる。現状没落していても、宮家の筋であれば、やはりやんごとなき姫として敬われるものなのだ。

左大臣の北の方も、聖帝《せいてい》と呼ばれる帝《みかど》の血筋にあり、そのことが左大臣と左の女御を支えている。これはとても重要で、現状三人の女御がいるわけだが、右の女御は母が皇女、王女御《おうにょうご》は自身が先々帝の末の姫である。いずれ皇后の別称である中宮へと昇ることを視野に入れると、中宮の位に相応《ふさわ》しい血筋であるかが重要視されるからだ。

それでいくと、梓子には系図がない。梓子の母は、梓子がまだ幼い頃に亡くなってしまったので、家の話を聞いたことがない。母方の祖父は、母の裳着《もぎ》前には祖母のもとに通わなくなっていたらしい。そのような関係であることも、梓子の母が自身の父の家に留《とど》まれなかった理由なのだという。すべては、乳母の大江《おおえ》から聞いたことで、幼すぎた梓子は、母の記憶がほとんどない。

「……あっ。母方の家といえば、祖父が吉日を占ってくださるそうです」

梓子の母方の祖父は、左京権大夫《さきょうごんのだいぶ》の役職を賜っている。だが、その役職よりも蔵人所《くろうどどころ》の陰陽師《おんみょうじ》としてのほうが宮中ではよく知られている。祖父の家は、京にいくつかある陰陽道の家のひとつで、本人は高齢ながら当主の座にある。

宮仕えを始めるにあたって、宮中で会うこともあるかもしれないと乳母の大江とともに挨拶《あいさつ》に行った。これにより縁が復活し、それなりに梓子のことを気にかけてくれている。乳母の屋敷を出るかもしれないことを報せたところ、術者の家の意地に懸けて最高の吉日を占ってくれるそうだ。

「当代一の術者と名高い左京権大夫殿に占っていただけるなら、ありがたいね。……とはいえ、賀茂祭《かものまつり》が近い。日を見てもらうのは、そのあとになるだろうね。小侍従も忙しいでしょう？」

梓子は御簾《みす》越しでもわかるよう大きく頷《うなず》いた。

卯月《うづき》の更衣《ころもがえ》を乗り越えて夏の衣に替わったことで、徐々に暑くなる日中も過ごしやすくなったが、くつろいでいる暇はない。卯月には年間を通して最も大きな行事が待っているからだ。それが酉《とり》の日に行なわれる賀茂神社の祭祀《さいし》、賀茂祭。通称『葵祭《あおいまつり》』である。この葵祭の名称は、牛車《ぎっしゃ》や御簾、冠の挿頭《かざし》などに葵の葉を付けることからきている。

「少将様のおっしゃるとおりです。祭に向けた飾りつけに、宴の準備、随身の禄《ろく》の手配。わたしは今回が宮中で迎える初めての賀茂祭なので、まだ慣れなくて……」

梓子が祭準備でやることを指折り数えていると、突如その声が割って入ってきた。

「梓子。そんな男の屋敷になんて行くな！　御母上様の二の舞だぞ！」

少将が驚き、もたれていた柱から身を起こす。

「な、なにごとだい？」

声の主を探す少将と異なり、梓子は御簾を上げると、そのまま簀子《すのこ》まで出て、梅壺の庭を見た。

「その声……、やはり兼明《かねあきら》殿ではないですか！　どうして、あなたがこのような場所に？」

下級武官を示す褐衣《かちえ》姿の男が簀子のほうへ寄ってきて、欄干の上から覗《のぞ》く梓子を見上げて、にかっと笑った。

「近衛舎人《このえのとねり》だからな、夜回りだ。主上が梅壺にお渡りになることが増えたので、梅壺とその周辺は見回りが強化されているから、ここまで入って来ているんだ」

近衛舎人は、近衛府の下級職である。宮中の警護に加え、帝、皇族、大臣などの随身として従う。宮中の夜行も重要な仕事で、左右近衛府が交替で担当している。左近衛府《さこんえふ》が亥《い》の刻（午後十時頃）から子《ね》の刻（午前一時頃）の終わりまでを、右近衛府は丑《うし》の刻（午前二時頃）の始まりから寅《とら》の刻（午前四時頃）の終わりまでを担当している。

「そうでしたか。兼明殿の夜回りなら安心ですね」

「まあな。梓子も左の女御様のお声がかりで、梅壺の記録係になったと聞いたぞ。御母上様と同じく宮中に上がっての活躍、誇らしいことだ」

記録係に指名したのは、たしかに左の女御だが、梅壺の女房にと声を掛けてくれたのは、少将である。訂正しようとしたところで、その少将本人から声が掛かった。

「……小侍従。彼は誰？」

少将の麗しい柳眉《りゅうび》が寄せられている。

「えっと、乳母の大江の三郎君（三男）で、わたしの乳母子でもあります多田《ただの》兼明殿です」

少将は右近衛府の所属、左近衛府の近衛舎人の顔まではご存じないのだろう。梓子は、急ぎ兼明を紹介し、続けて兼明に少将を紹介しようとした。

「兼明殿、こちらの方は……」

「右近少将様ですね。お噂はかねがね」

梓子の言葉の先を兼明が口にする。左右が違っていても、近衛舎人のほうは少将をご存じのようだ。ただ、その言い方は、良くないほうの噂だろう。

「そうかい？ ……私のほうは、ついぞ君について、小侍従から話を聞いたことがないけどね」

続く沈黙が重い。梓子は局《つぼね》に戻る機を見失い、とりあえず蝙蝠《かわほり》を広げて今更ながらに顔を隠した。少将と兼明の睨《にら》み合いをどう終わらせればいいかと思案していると、沈黙を破る声が入ってきた。

「おやおや、不穏な空気ですね。……ここでもなにやら問題がおきております？」

笑い含みのやわらかな声は、少し楽しんでいるようでもあった。

「柏《かしわ》さん！」

現れたのは、梅壺の情報収集役である柏だ。梓子は夜の遅い時間にもかかわらず、喜びの声を上げた。

■ 一 ■

柏が局に入る後ろに続き、梓子も局に入った。少将は元通り柱の近くに腰を下ろし、兼明は簀子の高欄の下あたりに留まっているようだ。夜回りの続きはいいのだろうか。これは、前言を撤回したほうがいいかもしれない。兼明の夜回りは、不安である。

「新たな噂を聞いてきましたよ、藤袴殿。記録のほど、よろしくお願いしますね」

振り向いた柏に促されて、梓子は自身の文机《ふづくえ》の上に記録用の紙を広げ、急ぎ墨と筆を用意した。

「ご本人の名誉のために『とある殿上人《てんじょうびと》』といたしましょう」

梓子の用意ができたのを確認し、柏がそう話し始める。

「その殿上人が、階段を踏み外した拍子に地面に転げ落ち、とれた烏帽子《えぼし》を探して夜の庭を這《は》っていたら、人前に出てしまったそうです」

怪異要素がない話だった。『殿上人』ご本人にとっては、とても怖い話だろうけど。

「烏帽子が落ちて……」

想像してはいけないが、筆を動かしながら、梓子はその場面を想像してしまった。御簾の向こう側からは、少将が想像していることを隠さずに、うわぁ……と呟《つぶや》く。

「人に見られたのですか。それは、匿名もやむをえませんね」

殿方にとって、烏帽子や冠の下を人目に晒《さら》すことは、恥辱である。下着姿を、いや、丸裸を見られたに等しいものだと話には聞いていたが、少将の反応を見るに本当のことらしい。

「その殿上人様は、酔っていらしたのですかね」

名が出ることを拒み、それがまかり通るくらいだから、その匿名の殿上人は高位の、もしかすると上達部《かんだちめ》でいらっしゃるかもしれない。梓子は、自然と『様』をつけていた。

「さて、どうでしょう。その時の詳細までは噂になっておりませんので……」

柏には珍しく言葉を濁す。これは、記録に値するのは、これまでの話ではなく、これから先の話ということかもしれない。梓子が筆を握りなおしたところで、庭のほうからの声が話に割って入ってきた。

「だいぶ酔っていらっしゃいましたよ。そこがどこだかわからずに、怒鳴り叫んでおられたので」

兼明は昔から、声を張らずとも言葉が聞き取りやすい喋《しゃべ》り方をするので、梓子は文机を動かすことなく筆だけを動かした。

「おやおや。その場にいらしたのですか？　近衛舎人殿」

柏の問いに『いました』と兼明が庭から応じる。

夜行の続きはいいのだろうか。それ以前に、夜行は官人一人、近衛舎人一人の二人で行なうものではなかったか。もしや、もうお一人に、夜行を丸投げしているのでは。

乳母子《めのとご》の仕事ぶりに不安を感じつつも、梓子は記録のために耳を傾けた。

「……なぜか、急に目の前に現れて大騒ぎするから、人を呼ばざるを得なかったんです。でも、だいぶ酔っていらした。言うことがかなり怪しかったですね。なんでも足元が暗くて階段《きざはし》を踏み外したとか」

梓子は、この兼明の言葉に、耳だけでなく首も傾けた。

「それが怪しいんですか？」

さすがに欄干を乗り越えて庭に落ちたとは思えないから、階段を踏み外して庭に落ちたとおっしゃっていても、さほど怪しいことを言っているようには思えないのだが。

「ああ。あのあたりに階段なんてないからな」

なんと、匿名の殿上人は欄干をこえたらしい。それはなかなかの高さだ。烏帽子を探して庭を這っていたというが、実際は落下の衝撃で立ち上がれなかったのではないだろうか。

「まさにそれでございますよ、藤袴殿。……とある殿上人が転がり落ちたという階段は、誰の目にも見えないものでございました。ですが、足元が暗かったせいだと主張されて、内侍所の女官の処分を求めていらっしゃいます」

理不尽な。思わず筆が止まってしまう。

火燭《かしょく》は、かつて梓子も内侍所に所属していたころに担当していた。取りこぼしなく火を点《つ》けたとしても、朝まで絶対に消えないわけではないことも知っている。

「それで処分なんて……」

「それがですね、藤袴殿。問題は、そのあるはずのない階段を、ほかにも見たという者が出てきていることなのです。灯《あか》りのない暗い廊下から庭へと降りる階段が本当にあるなら、誰にとっても危ないものですし、本当はないのに見える幻の階段であるなら、これまた別の意味で危ないものでございますので、急ぎ藤袴殿に……」

柏の話が完全に終わる前に、庭のほうからの声が割り込む。

「……あの、女房殿。なぜ、その話を梓子に？　元内侍所の女房だからですか？」

兼明の疑問に、梓子は筆を止めてすぐさま柏に手を伸ばそうとしたが、それより早く、柏が答えてしまう。

「怪異の御担当は藤袴殿ですから」

柏を止めるのが、一瞬間に合わなかった。

典侍が、帝より賜ったお役目と半ば諦《あきら》めて、梓子のモノ縛りに反対していないからといって、多田の全員がそれを知って了承してくれているわけではないのだ。

「担当？　……おい、梓子。梅壺でいったいなにをさせられているんだ!?」

強い声が御簾《みす》の中にまで飛び込んでくる。梓子は頭を抱えるもすぐに応対した。

「左の女御様の記録係ですよ。さきほど、兼明殿もご自身でおっしゃったではないですか」

主たる職務は記録係である。そのことは、兼明も典侍から聞いて知っていた。そして、それ自体は嘘ではない。

「左の女御様は、そのお立場上、後宮で起きたことは漏らさず把握していなければならないわけですから、記録係であるわたしも後宮で何事か起きた時には、記録のために現場を観に行くわけです」

嘘は言っていない。そう自分に言い聞かせる梓子に、兼明の追及の声が近づく。

「……梓子なのに饒舌《じょうぜつ》だな。余計に怪しい。子どもの頃じゃあるまいし、まさか、まだ御母上様の真似事なんてしているのか？　梓子はモノが視えるだけで、退ける技量がないんだぞ。そもそもモノに関わろうとするなよ」

物の怪《もののけ》退治に長《た》けた家の者の言葉は重い。多田は武家源氏《げんじ》の流れを汲《く》み、多くの郎党を抱える武家の代表格であり、物の怪退治でも多くの功績を挙げている。物の怪は名を持ち、姿形も持っている。そこで、姿形があるなら太刀で一刀両断できるだろうと考え、実際に物の怪を斬ってしまえるのが、多田の武士である。

それにしても、『御母上様の真似事』とは、痛いところを突いてくるではないか。おぼろげに覚えていた母の姿を真似て、筆を振り回して遊んでいたことはあった。母の筆でなく、ごく普通の筆を、であるが。

だが、あくまで、幼い頃の話だ。いまでも、その『ごっこ遊び』をしているかのように言われるのは心外だ。

「しかも、それを少将様や柏殿の耳があるところで言うなんて……」

梓子は小さく唸《うな》った。これだから、幼い頃からの自分を知られているというのは厄介なのだ。

今度はどう返そうかと再び頭を抱えた梓子に、黙っていた少将が、疑わし気に尋ねてきた。

「彼、本当に君の乳母子？　なんか過保護な兄か父親みたいだけど？」

これもまた、どう返すべきか悩む内容だ。なのに、これら重なる疑問に、さらに新たな問い掛けの声が重ねられた。

「ずいぶんとにぎやかな夜だね、珍しいことだ。私も話に入れてもらえるかな？」

渡殿から簀子《すのこ》を進んでくるその声は、楽しげだった。

「主上。また、御一人でお渡りにございますか？」

少将が姿勢を正す。庭のほうからも慌ててその場で礼をとる音がした。

「やあ、少将。いつもどおり、ここにいたね。宮中を捜すまでもなくて助かるよ」

梓子の局の前で足を止めた帝《みかど》は、御簾の前の少将に軽く声を掛けるとすぐにまた進み始める。左の女御のいる母屋《もや》にお渡りのようだ。

柏も梓子もすぐに動く、母屋にお迎えする準備を急がせねばならない。

「どこの誰に御用がおありであっても護衛はお連れください。内裏の中とはいえ危《あぶ》のうございます……」

御簾の向こう側で立ち上がった少将が、帝に声を掛けて少しだけその足取りを遅らせてくれる。

「それで、主上。お渡りのついでに私を捜していらっしゃったようですが、なにかございましたか？」

母屋に向かわれているのに、少将を捜してもいたとは。少将が言うように、梅壺にお渡りのついでか、梅壺へのお渡りがついでか。どっちなんだろうと思うも、梓子は少将に任せることにして、母屋に入る御簾を上げるため急ぐ。

「少将を捜していたのは、いつもの件だよ。二人そろっているときでちょうどいい。柏がいるということは、噂の概要までは、すでに聞いているよね？」

確認で少将を振り返った帝の足が止まる。少将は頷《うなず》き応《こた》えると同時に庭を指さした。

「それだけではありませんよ、主上。こちらには、現場に居たという近衛舎人《このえのとねり》がちょうど来ております」

巻き込んだな。そう思っても、梓子には止めようもなく、黙っているよりなかった。

「た……多田兼明に、ございます」

巻き込まれた本人は、若干低く唸る声で再度その場で礼を正した。

どうやら、兼明は、梓子への追及を止められたことが不満そうだ。このわかりやすさで、宮中を生き抜けるのか、梓子としては乳母子の将来が不安でならない。

兼明は思っていることを隠せるほど宮中慣れしていない。いや、慣れ以前の問題だ。多田の家の者は腹芸が得意ではない。得意でないなりに慣れたのが典侍だ。現在の宮中で要職を占めるのは、ほぼほぼ一つの氏を持つ者だけである。左大臣も右大臣も、さらには前内大臣に新たな内大臣までもが氏は同じ一つなのだ。厄介なことに、一つの氏の中で対立しているにもかかわらず、別の氏が台頭してくると団結して潰《つぶ》すのだ。別の氏である多田の家の者からすれば、宮中は敬う態度を見せなければならない相手しかいない場所だ。

ただ、なにごとにも例外はある。いや、相手によると言うべきか。今上帝に限っては、この兼明の態度を好ましいものと感じておられるはずだ。

齢《よわい》七歳にして、この国の最高位に座した今上帝は、よく言えば「へつらわれることを厭《いと》う」。言葉を選ばずに言えば、「冷たくあしらわれたり嫌がられたり、不満そうにされることが、たいそうお好き」なのである。

そのことを知っている者は、いっせいに庭の近衛舎人を気の毒そうに見た。

「そうか、多田の者か。それは心強い。多田は京の外までも物の怪を倒しに行く剛の者たちだ。二人のことは任せたぞ」

やはりというか……。ちょっと聞く限りでは、言っている言葉と嬉《うれ》しそうな声が一致しているが、知っている者たちからすれば、さらに嫌そうな顔をされることを期待しているようにしか聞こえない。

「……い、いや……でも、あれは怪異などでは……酔っていらしただけだと……」

さすがの兼明も、相手が帝では『怪異ではない』と強く言えず、語尾を濁す。これが、期待通りの反応だったのか、帝は笑みを深めた。

「その真偽を調べることが二人の役目だ。頼むぞ、少将、藤袴。そして、多田の者」

帝の笑みと言葉は圧が強い。さすがの兼明も諦めがついたのか、恭しく承諾の返事として、平伏した。

■　二　■

翌日、典侍を訪ねた梓子は、怪異の話に続いて、彼女にとっては甥《おい》である兼明が梅壺に来た話をした。

「まあ、兼明殿が梅壺に。それは……大変でしたね。相変わらずでございましょう？」

甥の気質《きしつ》をよくわかっている典侍は、梅壺に来た兼明が梓子に何を言ったか、想像がついているようだ。

「ええ、はい……」

顔を見合わせどちらともなくため息をつく。

「三つ子の魂百まで、と申します。貴女《あなた》様の御母上様が遺《のこ》された『実の妹のように大事にしてください』とのお言葉を、いまも頑《かたく》なにお守りなのですよ。……心根の正しい若者には育ったんですがね」

兼明は、梓子よりも鮮明に母のことを憶《おぼ》えていて、死の間際に梓子を頼まれたことを幾度も語っては、積極的に梓子の世話を焼いてきた。乳母の大江のもとで、人並みの兄妹《きょうだい》以上に親しく共に育ってきた。その上で、梓子を褒めるのも叱るのも、守ってくれるのも兼明だったのだ。

「兄様は、『頑な』が過ぎます……」

兼明が梓子を妹扱いするように、梓子も兼明を兄のように思っている。ただし、夫婦が「兄《せ》」・「妹《いも》」と呼び合うのとは違う。本当に共に育った兄妹という感覚だ。桔梗が、自身の婿取りでなにかと口を出してくる兄に辟易《へきえき》していた時は、自分は一人っ子だからそういうこともないだろうなどと思っていたが、梓子にもいた。兄以上の兄といえる存在が。

「そうですね。兼明殿の貴女様への過保護は、昔からやや過激ですから」

そこは梓子にも一因がある。幼い頃からモノを視る目を持っていた梓子だが、その頃からすでに常の人と常の人ならざる存在の区別がつかなかった。呼ばれたり、手招きされたりすれば、警戒心なく歩み寄ってしまう。それを慌てて止めるのが、乳母の大江や兼明だった。梓子を極力屋敷の外に出さなかったのも、父親の目を避けることだけでなく、物の怪から梓子を守るという理由もあったのだ。

だが、梓子も二十一歳。宮仕えの女房となった身だ。いまも常の人と常の人ならざる存在の見分けはつかないが、昔のように、よく知らない人に呼ばれてホイホイついていくことはない。あそこまで兼明が心配しなくても大丈夫だというのに。

兼明は、梓子がまだ幼いうちに母を亡くしたことで、母の技を正しく継げていないことを知っている。だから、梓子がモノに関わるのは危ないことだと思っているのだ。その上で、宮仕えを始めた梓子が宮中でどう呼ばれているかを耳にしたのではないだろうか。『あやしの君』だの『モノ愛《め》づる君』だのと言われていることだけでも心配なのに、主《あるじ》持ちになった殿舎で同僚女房から怪異の噂を持ち込まれているのを見てしまったのだ。もう黙っていられなかったのだとは思う。思うのだが……。

「ですが、少将様に食って掛かったばかりか、主上の勅を渋々承諾とは……。あまりに不敬です」

典侍の言葉に、梓子は大きく頷いた。こちらが兼明の心配をしなければならないような状況である。

「ご自身のことでなく、貴女様のことで不満があったというところでしょうね。最初に怒鳴り込んできた二条邸の件は、おそらく多田の家にお戻りになった時にでも耳にしたのかと。姉が美濃《みの》から手紙で指示を出して、張り切って支度をさせておりましたから、気づかぬわけがないというもの。……場所が梅壺だったからよかったものの、ほかの殿舎の女房の耳に入りでもしたら大変なことになっていたでしょうに」

梓子は、典侍と顔を見合わせてため息をつく。

「先々を嘆いても致し方ありませんね。それで……その兼明殿も今回の件に関わっているようですね？」

梓子が典侍を訪ねた本題に話が戻る。もっとも、典侍自身もこの件では、難しい立場に立たされている側だ。とある殿上人は、火燭《かしょく》を担当していた内侍所の女房の不始末だと主張し、その処分を訴えている。内侍所の実質的な長である典侍には、女房の管理責任があるので、この件が怪異か否かは、部下を処分する必要があるかないかに大きく影響する。

「はい。例の……『とある殿上人』様が、人前にお姿をお見せになったその場にいらしたそうです。正確には、とある殿上人様を発見し、落ち着かせようと人を呼んでしまったことで、より多くの人に冠なしのお姿がさらされる状況を作ったのが兼明殿です」

梓子の報告に、典侍が額に手をやる。

「ああ、兼明殿……。そこで大きな騒ぎにしなければ、女官が責められることもなかったでしょうに」

そのまま脇息《きょうそく》にもたれた典侍だったが、そこであることに気づき顔を上げる。

「兼明殿が人を呼んだということは、兼明殿だけでなく、集まった者たちも怪異を目の当たりに？」

「いえ、兼明殿は騒ぐ酔っ払いをどうにかしようとして、人を呼んだだけだそうです。本人は怪異を目撃しておられませんし、『怪異ではないだろう』と口にしていらしたので、本当に怪異ではないのでは……」

典侍が表情を曇らせる。

「そうですか。……困ったことになりましたね。お騒ぎになった方がいらしたあのあたりに階段はありません。ただ、落とされた冠を探して、場所を移動されたというお話もあります。そうなると、本当に階段がある場所にもかかわらず、火燭に不備があった可能性もなくはないこと」

典侍からすれば、いっそ怪異であってくれたなら話は早いのに、というところだろう。そうした願望もまた、怪異の目撃に繋《つな》がっているのではないかと思わなくもないが、ここでは口にしないほうがいい。自身の思うところが怪異発生の一端になった……だなんて、誰しも言われたくはないだろうから。梓子は怪異ではないことが決定していないことを強調した。

「怪異か否かは、今後の調査の結果次第です。とりあえず、関係者の話を聞くことから始めようと考えています。主上の勅にございますから、とある殿上人様の求める処分は保留で問題ないはずです」

典侍の表情に安堵《あんど》の色が浮かぶ。

「ええ、その夜、該当の殿舎で火燭を担当した者は呼んでございます」

少将に次いで、巻き込まれることが多い典侍も、怪異対応に慣れてきたようだ。怪異の件での会談を申し入れていたが、すでに関係者を呼んでくださっていたとは。

「典侍様、お召しにより参りました」

典侍の曹司《ぞうし》の御簾《みす》の向こうから声が掛かる。

「来たようですね。では、藤袴殿は、こちらでお話をなさってください」

典侍が曹司を出るのと入れ替わりに、呼び出された今回の怪異の関係者が御簾を上げて入ってくる。

「あ……」

相手は中にいる梓子の顔を見て、あんぐりと口を開けた。

夏の衣をまとった、女房としてはやや背の高い人物。この入ってきた女房を梓子は知っていた。内侍所の女房だった時期、共に火燭の仕事に従事していた。

「そうですか。今回の件は讃岐《さぬき》殿が……。お呼び立てして申し訳ございません、讃岐殿。藤袴小侍従と申します」

梓子のほうから声を掛けて、軽く頭を下げると、固まっていた讃岐が、不機嫌な声で返した。

「せっかく右近少将様がいらっしゃると思って、気合入れてきたのに」

入ってきた曹司で、彼女は梓子の前、御簾に近いところで座る。梓子が名乗った『藤袴』の個別名は、女御に仕える女房であることを示している。主持ちではない讃岐のほうが下座になるのだ。

「それは大変申し訳ございません。少将様には、表のほうで殿方のお話を集めていただいておりますので」

宮仕えの女房の話を聞くことは梓子にもできることだが、殿方の話を聞くことは難しい。一介の女房が、高位の殿方を呼び出して話を聞くというわけにはいかないからだ。

「内侍所も表の一部じゃないですか。宮の女房におなりになったのですから、もうここまで顔を出しに来なくてもよろしいのでは？」

皮肉だろうか、もしくは、少将が来なかったことに憤慨しているのか。讃岐が宮中的な遠回し表現を放棄し、わかりやすい皮肉を言う。

だが、こうしたやりとりのほうが、武士の家で育てられた梓子には性に合っている。多田の者は、言葉で斬りつけられたなら言葉で斬り返す一択だ。

「主上の勅にございますので」

梓子は、斬り返しの言葉に加え、少将の圧のある笑みを真似て応戦してみた。

「……まあ、それはいい御身分ですこと」

悔しげに返した讃岐だったが、さすがに『主上の勅』という言葉に姿勢を正した。話を聞きたいという梓子本来の目的に協力してもらえそうだ。

「それでどんな話でしょうか。不注意などなくても謝罪しろということかしら？」

先ほどまでよりも幾分弱い声で、讃岐が梓子に問う。その目元に不安の色を見て、梓子はすぐに彼女の考えを否定した。

「いいえ。『とある殿上人』様になにが起きたのかは、その場にいらした方からも直接お話を伺いました。問題の場所には階段などない。それは、少し前まで同じ仕事をしていたわたしも、わかっておりますので。……そもそも、讃岐殿が点《つ》け忘れたとは思えないんですよね。貴女《あなた》のお仕事は、常に細やかで、隅々まで行き届いていらっしゃる。そのことも、同じ仕事をしていた身として知っていることです。讃岐殿が火燭の担当だと知り、わたしの中で灯火に不備があったという線は消えました」

梓子が内侍所の女房をしていた期間は約半年。その後半の三ヵ月を火燭担当として過ごした。だから、讃岐の仕事ぶりは、よく知っている。彼女は基本的にまじめで、仕事をいいかげんにやることはなかった。

むしろ、梓子の仕事の仕方のほうがよろしくなかった。人影のない廊下で誰かと挨拶《あいさつ》を交わす、誰もいないはずの部屋に入って誰かと会話し、火を灯《とも》して戻ってくる。最終的に、同じ火燭担当だった讃岐が『小侍従殿と組んで作業を行なうのは、もう無理です』と典侍に訴え、梓子が異動することになったほどに。

「……過分な評価です」

今回の件で、そうとう『とある殿上人』に責められたのだろうか。讃岐にしては勢いがない。

「元同職の本音の評価ですよ」

梓子は、讃岐の不安を宥《なだ》めるように、ゆっくりと言って、微笑んだ。

「こじ……藤袴殿は、ずいぶんお変わりになられたのね。……そ、それで結局、私はどんなお話をしたらいいのかしら？」

讃岐は持っていた蝙蝠《かわほり》を広げると、少し赤らめた顔を隠した。梓子に問う言葉も、わずかながら、やわらかさが加わっている。

「灯火の不備の線はないと考えておりますので、讃岐殿にお聞きしたいのは、あの夜の宮中で、なにかお気づきになったことがないか、ということになります。讃岐殿ご自身が、あるはずのない場所に階段があるのを見たとか、階段じゃなくても、『ここに、こんなものあった？』と思うものを見たとか。なにか雰囲気が違っている場所があった、でもいいんです」

今回の幻の階段が、怪異そのものなのか。あるいは、怪異の一部なのか。まだそこがはっきりしていないので、梓子は階段に限定せずに尋ねた。

「……言われてみればありました。あの夜、細かい場所は思い出せないですが、廊下を進んでいるときに、ふと庭のほうを見たら、小径《こみち》が見えました。それこそ『ここに、あんなものあった？』と不思議に思って、ちょっとだけ足を止めて見たんですよ。ただ、遠目だったから、どこから始まりどこへ向かう小径かはわかりません。生け垣の間を入っていく細い径のように見えました。まあ、庭は仕事の範囲ではないから、庭に降りて近づくとかはしなかったので、本当にちょっと見ただけなんですけどね」

梓子は聞いた話から頭の中で、過去に草紙に縛られたモノや妖《あやかし》に似たものがいないか並べてみる。

「あるはずのない階段だけでなく、あるはずのない小径までも。……それは、近づかなくて良かったですね、讃岐殿」

「え？　……どう良かったのでしょう？」

「よくある怪異では、その手の小径って、死者の国に通じているものですから……」

それ以上の明言は避けた。だが、讃岐は、御簾のほうに後退してしまう。

「それで、讃岐殿。だいたいの場所でいいんですが、小径を見たのは、どのあたりでしたか？」

やや青ざめた顔になった讃岐は、それでも小径を見たときのことを思い出してくれた。

「……たしか、桐壺《きりつぼ》だったと。ああ、でも壺（中庭）のあるほうじゃなかったはずです。……ねえ、藤袴殿。これって、階段以外にも、近づかないほうがいいものがあるって話になります？」

御簾の際まで後退していた讃岐が、真剣な顔で格子に膝《ひざ》を寄せてくる。

「そうですね。先ほどの『ここに、こんなものあった？』と思ったものには、近づかないほうがいいでしょう。今回の件が『幻の階段』だけのモノなのかはわかりませんから。……でも、讃岐殿の仕事に誤りはなかったということです。そのことは、わたしが証明してみせますので、貴女は処分を受けることも謝罪する必要もありませんよ」

讃岐に安心してもらおうと思って言ったわけだが、その讃岐本人は、緊張した表情のまま、その場を立った。

「……その証明というのは、藤袴殿にお任せします。私は各殿舎に、できる限り見覚えのないものには近づかないように伝達をします！」

気合の入った宣言に、梓子は首を傾げた。

「讃岐殿が、そのようなお仕事まで？」

「藤袴殿が梅壺の女房になって以来、怪異出没注意の場所がわからなくなったので、こうした話を藤袴殿から聞いたらすぐに内侍所の女房から各殿舎に共有することになったんです」

どうやら讃岐だけがやっていることではないらしい。今更な話だが、内侍所の女房だった頃の梓子は、裏側でずいぶんと後宮のモノ避《よ》けに貢献していたようだ。

「そうですか。……では、そちらは讃岐殿にお任せします」

梓子は、若干引きつった笑顔で去って行く讃岐を見送った。

■　三　■

梓子が、梅壺の自身に与えられた局《つぼね》に戻り、讃岐に聞いた話を記録に残そうと筆を動かしているところに、少将が訪ねてきた。

「やあ、小侍従。なにかいい話は聞けたかい？」

応じて梓子は讃岐の話をした。

「なるほど。灯火の不備の線はなしか。そうなると、怪異の線が濃厚か」

「少将様のほうはどうでしたか？」

「残念ながら、『とある殿上人』様本人からは話が聞けなかったよ。でも、柏殿が言うように『幻の階段』を見たという話は何人かから聞いたよ。だけど、今回の怪異の最初の遭遇者が『とある殿上人』様なのかは、わからないままだ。……まあ、正直、あの方が酔っていただけだと思うのだけれど……」

少将が少し歪《ゆが》めた口元を広げた蝙蝠で隠した。

その表情は、具体的な誰かの顔を思い浮かべてそう言っているようだ。

「少将様は、匿名の殿上人がどなたかご存じなんですね」

蝙蝠を閉じた少将は、御簾《みす》に顔を寄せると囁《ささや》き声で『これは記録に残しちゃダメだよ』と前置きしてから、ある人物の話をしてくれた。

「ある方が、急な物忌みで、今日から出仕していないんだ。それも『当面出仕しない』そうだ。物忌みは、多くの場合、暦で決まるものだから、いつから出てこなくなって、いつから出てこられるようになるかは、わかっているものだ。急に出た死穢《しえ》にしたって期日はだいたい決まっている。再出仕の日が明らかではないなんて、実にわかりやすいじゃないか」

それは確かに、わかりやすい。記録に残せば、すぐにも誰のことか言い当てられてしまうだろう。

「ですが、もし『幻の階段』が、本物の怪異であるなら、話を聞けないのは痛手ですね」

怪異とは、簡単にいうなら、『不思議な事象』のことである。世の中には、時として、得体のしれない何かが起こしたとしか思えないような、よくわからない出来事というのに遭遇することがある。人というのは、理解できないことを理解したいと思うものなので、なんとか理解しようと、この『得体のしれない何か』について考えるのだ。

今回の場合で言うと、『階段がないはずの場所で階段を踏み外した』という不思議な出来事があった。これに対して宮中の人々は、この階段を踏み外した人物には、階段が見えていたのだから、きっとそこには幻の階段があったのだ、と考える。これにより、『得体のしれない何か』としての幻の階段の存在が噂されるようになるのだ。

この『得体のしれない何か』を梓子たちはモノと呼んでいる。モノは、物《もの》の怪《け》のようには、はっきりとは認識されない、ごくあいまいな存在だ。具体的に狐狸《こり》に化かされたとか、何某《なにがし》の怨霊《おんりょう》や祟《たた》りであるといった姿形や名前を持たない、単なる『不思議な事象』として存在しているだけの、怪異としてはごく初期の状態である。

「なにか、どうしても聞きたい話があるのかな？」

少将に問われた梓子は、手にしていた筆を置くと、疑問を口にした。

「階段の怪異って、どうなるものなのでしょうか？　……匿名の殿上人様は、酔っていて覚えていらっしゃらないかもしれませんが、そこをお聞きしたかったです」

もし、踏み外さなかったなら、どうなっていたのだろうか。

「ああ、前にも言っていたね。怪異を縛るためには、その目的を知る必要があるんだったね。そうでないと、名前も歌も用意できないんだっけ？」

少将も、なかなかモノ慣れてきたようだ。梓子の言わんとするところを察して、大きく頷《うなず》いた。

「そういうことです。噂も『あるはずのないところに階段がある』だけに留《とど》まっていて、怪異話としての核がないんです」

怪異それ自体は、ひとつの事象でしかない。だが、怪異話として人々の口に乗るようになると、ただの事象に結果がついてくる。事象の発生によって何がどうなったのか、という結果だ。例えば、『つきかけ』では、月夜の晩に双六《すごろく》盤の前に骸骨《がいこつ》が現れるという事象に加えて、遭遇した人物が双六勝負をすることになるという、何がどうなったが伴っていた。怪異話としての『つきかけ』の核は、双六勝負を仕掛けられることにある。そして、これが怪異の目的ということになるのだ。

「話の核がわからないことには、条件が見えず遭遇することも難しいですから」

梓子が縛るモノや妖は、姿形や名前を持つ物の怪と異なり、陰陽師《おんみょうじ》や僧侶《そうりょ》の術や儀式で呼び出すことができない。常にモノの出待ちになるので、発生条件や遭遇条件は、非常に重要なのだ。

「なら、こちらから探しに行こうか。宮中で幻の階段を見た者が幾人か出てきているのだから、遭遇の条件は割と単純なものかもしれないよ」

御簾の向こう側の少将が立ち上がる。つられて、梓子も腰を上げた。

「探すにしたって、やみくもというのは……」

「私は讃岐殿の話が気になるよ。あるはずのない階段に、あるはずのない小径。実は、一揃いなんじゃないかと思ってね。……さっきの怪異の目的の話で考えてみたんだ。階段って、昇るにしても降りるにしても、どこかからどこかへ行くためのものでしょう。モノの目的は、二か所を繋《つな》ぐことかもしれない」

兼明が冠を探して庭を這《は》っていた『とある殿上人』を発見したのは、梅壺の北にある襲芳舎《しゅうほうしゃ》、通称・雷鳴壺《かみなりのつぼ》の裏あたりと聞いている。讃岐が小径《こみち》を見たのは桐壺こと淑景舎《しげいしゃ》だった。二つの殿舎は内裏の北西と北東、だいぶ離れているが、少将の言う『二か所を繋ぐ』が離れた場所を繋ぐことを意味するなら、あり得ないことではない。

「さすが少将様です。モノの本質を理解していらっしゃる」

梓子としては大絶賛したつもりだったが、少将に即座に否定される。

「いやいや、モノの本質なんて理解してないから。変な通り名がつきそうな発言はやめておこうね、お互いに」

開いた蝙蝠《かわほり》を唇に押し当てられた。少将の薫物《たきもの》の香りを鼻先に感じる。

「……では、讃岐殿が小径を目撃したという桐壺に参りましょう」

蝙蝠の上辺から少将を見上げた。

「心得た。行くとしよう」

少将は笑って言うと、桐壺に向かい廊下を進む。その後ろに梓子が付き従っているわけだ。こうして、怪異が絡むときだけ、少将と一緒に梅壺を離れる妙な女房が出来上がるわけである。

二人の配慮も虚しく、後日、少将は『モノの本質を理解している』から『あやしの君』と一緒に居られるのだと噂されることになる。宮中というところは、本当に怖い場所である。どこかに耳目があったことを、噂になってから知ることになるのだから。

淑景舎は、承香殿《しょうきょうでん》や麗景殿《れいけいでん》のような殿よりも、やや規模の小さい舎であり、昭陽舎《しょうようしゃ》と同じく南北二舎ある。場所も東宮《とうぐう》の居所である昭陽舎の北側に位置し、渡殿でつながっている。ここには、今上の帝《みかど》の妃《きさき》ではなく、東宮の妃と仕える女房たちが暮らしている。

今上の帝は、七歳で即位した。当然、皇子はいないので、今上の帝より四歳年上の皇族が東宮として立てられた。東宮妃は、左大臣の祖父の代に本流から分かれた同じ藤氏の家から入内《じゅだい》している。すでに東宮には、親王、内親王がおられる。左大臣側とは溝があり、梅壺の女房が桐壺をうろうろしているのは、良く思われないだろうことは、容易に想像できる。

讃岐の話は、あるはずのない小径を遠目に見た、というものだった。本人も細かい場所は覚えていないと言っていた。わかっているのは、淑景舎の通称『桐壺』の由来になっている桐の木が植えられている側ではないということだけだ。

明確に殿舎のどこに向かっているというわけでもなく簀子《すのこ》を進んでいる上に、庭のほうばかり見ているのだ。梓子本人だって、怪しい者にしか思えない。

「……あまり桐壺で歩き回りたくはないんですよね。でも、歩かないと遭遇もできないし……え？」

　それは宣耀殿《せんようでん》と淑景舎を繋ぐ廊下を渡って淑景北舎側に回って少し進んだあたりでのことだった。遠目に、なぜそこに設置したのかわからない階段が見えたのだ。梓子の前職で置かれていた記憶のない階段だ。

「階段です！　さすが、少将様。怪異を引き寄せる力がお強くていらっしゃる」

　梓子が少将の袖《そで》を引くと、少将が嫌そうに口元を歪《ゆが》めた。

「……それ、褒め言葉じゃないね」

　慎重に近づいてみる。幅はさほどない。簀子から地面までは三段。降りた先には、庭の奥へと向かう小径が続いている。おそらくこれが讃岐の見た小径だろう。階段そのものは見た目に新しくない。簀子の色味との違和感はなく、ずっと以前からこの場所に存在していたかのような錯覚を受ける。

　だが、それでも、この階段は何かが違う。よくよく近づいてみると、なにもないのだ。目の前に、たしかに見えているのに、存在感がない。逆から考えると、あるべきではないものが見えているのに、なんとも思えない。なるほど。目撃者はいても結果がなかったわけがわかった。こんなあるのかないのかもわからない階段では酔ってでもいなければ、降りようとも思わないだろう。かと言って怖くもないのだ。モノ特有の存在の不安定さも感じられない。

「ねえ、小侍従。……これ、なんだろう?」

少将のその感想に梓子は同意した。怪異は、そこにある。明らかに実体を伴っていない階段が見えている。なのに、モノを目の前にしている気がしない。

「すでに物の怪になっているというわけでもなさそうですが」

首を傾げた梓子の傍ら、幻の階段を見据えた少将が断言した。

「決まりだな。この階段は、私たちの探している『怪異そのもの』ではない、ということだ」

瞬間、梓子は納得した。やはり、モノの本質を理解している人の判断は違う、と。

■ 四 ■

幻の階段は、怪異そのものではない、という話になった二人だったが、では、今回の怪異にとって、この階段は何なのか、というところで、行き詰まった。

「ここは、実例に基づいて『階段を踏み外し』て小径に降りてみるか。君に危ない真似をさせるわけにいかないから、私が行くよ」

決断即行動で足を踏み出そうとする少将を、梓子は必死に止めた。

「駄目ですよ、少将様! 某殿上人様のように冠が取れたら、どうするんです? ここは、わたしが踏み外します!」

少将を制して前に出た梓子は、高欄に足を掛ける。だが、その背後から、少将が梓子を抱き上げて高欄から遠ざけた。

「なに言っているんだ、小侍従。君がこの高さから転げ落ちたら、怪我をするよ。階段が本命じゃないなら、降りた先に続く小径のほうが怪しい。どこに繋がっているのか見てくる。この程度の高さならうまく着地できる。忍び入った屋敷から人知れず逃げ出す程度、若い頃に何度もやっているから大丈夫だよ」

なるほど。当代一の色好みの呼び名が、実を伴っていた若い頃というのが、少将にはあるようだ。

「では、わたしも一緒に飛び降り……って、思ったんですけど、この階段を降りた先の小径が問題なら、普通に下に降りて、小径を進んでも問題ないのでは？」

顔を見合わせるも、少将は首を振った。

「いや。やっぱり飛び降りたほうが早い」

ここでも決断即実行の少将は、梓子をひょいと横抱きすると、軽やかに高欄を飛び越えた。

「えぇぇ？」

叫んで目を閉じたのは一瞬のこと。たいした衝撃もなしに着地した少将に、そっと庭に下ろされる。

「うまく着地できると言ったでしょう？　『伊勢物語《いせものがたり》』の真似事は、京の公達《きんだち》なら誰でも試し済みだ」

例の駆け落ちの件《くだり》のことだろうか。『伊勢物語』にある話で、男が女と駆け落ちしたが、雷雨に遭い、女を荒れた蔵に入れて、自身は蔵の扉の前で寝ずの番をしていたが、蔵には鬼がいて、女は食べられてしまった……というものだ。

「……これから怪しい小径に入るというのに、不吉な例を出さないでくださいよ」

呆《あき》れながらも、梓子は衣の乱れを整えると、小径へと歩を進めた。

「小侍従こそ、こんな怪しい小径をずんずん進むのはどうかと思うよ。もっと慎重に行ったほうがいい」

女房装束で庭に降りてきた時点で、浅慮以外のなにものでもない。これでいざというとき、どう逃げればいいのだろうか。

「こんなところを兼明殿に見られたら、絶対怒られますよ」

幼い頃、危ない相手がわからず無防備に近づいていく梓子を担ぎ上げて逃げていたのは、乳母子の兼明だった。当時の梓子は、常の人と常の人でない何者かの見分けがつかない上に、警戒心なく近づくので、危うく物の怪《もののけ》に連れ去られそうになったことが何度もある。そのたびに兼明と多田の郎党に回収されていた。育つにつれ、貴族子女らしく表に出ることも減り、自制心も芽生えたので、兼明の手を煩わせることもなくなったのだが、この状況はたぶん回収案件だ。

「君らって、どういう関係なの？」

少将に尋ねられて、梓子は首を傾げた。

「ごくごく普通の乳兄妹《ちきょうだい》ですが？」

「いや、普通じゃないからね。彼の実母である大江は、君の乳母《めのと》でしょう？　ずっと大江の手元で養育されていたといっても、あくまで大江は君に仕えている者じゃないか。その息子である乳母子《めのとご》の彼もまた本来は君に仕えているという立場だよね？　私にも乳母子はいて、信頼できる従者ではあるけど、本当の兄弟のようなやりとりはしないな」

普通でない距離感の要因は、ほぼ梓子のせいである。そのあたりの自覚はあるので、あまり兼明を責めてほしくはないのだが。

「そのあたりは、秘されていた身なので、普通ではない部分と言いますか……。まあ、傍目《はため》には、兄と妹のような感じに見えるのかもしれません」

梓子が言うと、少将が少し身を屈《かが》めて、梓子の顔を覗《のぞ》き込む。

月明かりが、少将の容貌《ようぼう》を照らして見せる美しい陰影を間近にして、反射的に蝙蝠《かわほり》を広げた。御簾《みす》を隔てずに顔を合わせることはこれまでにもあったが、ここまで近いのはない。鼻先が触れてしまいそうだった。

広げた蝙蝠の裏に顔を隠した梓子だったが、その蝙蝠の上の部分に置かれた少将の指先に蝙蝠を下げられてしまう。抵抗して蝙蝠を両手で支えると、蝙蝠の上の部分から、笑みに細められた少将の目が覗く。

「ねえ、小侍従。あれは、もう部分的ではなく、全面的に普通じゃないよね？　だいたい、本当の兄と妹だって、もっと隔たりがあるものだよ?」

強烈な圧を感じる。並のモノより怖い。これは、どう返すのが正解だろうか。

「そ、そうでしょうか? 多田の屋敷には、女児がわたし一人だったので、ちょっと基準が……」

なんとかそれだけを返して、梓子は少将の視線を逃れるために小径《こみち》を行く足を速めた。

梓子を妹として扱うのは、なにも兼明に限ったことではないのだ。おまけに、武士の家である多田の屋敷では、郎党との距離だって近かった。ごく当たり前の兄妹の距離どころか、男女の距離も全面的に普通ではないのかもしれない。

「……一つだけ聞かせてくれる? 君の基準で、君と私の距離って、君と多田殿との距離に比べて、近いの? 遠いの?」

問われて梓子は足を止めた。少将は少将で、兼明は兼明だ。並べて距離感を問われても、それこそ基準が違うので、どう答えればいいのかわからない。

「……そもそも、兼明殿との距離が、どのくらいなのかわかり……」

梓子は、首を傾げて少将を振り返り、続く言葉を失った。

そこに少将の姿はなかった。それどころか、歩いてきたはずの小径さえもなくなっていた。いつの間にか雲に覆われたのか、月明かりも星の光もなく、自分の袴《はかま》さえも見えない。あの幻の階段を降りて、それほど離れていないはずなのに、殿舎の灯《あか》りが届いていない。よくよく見れば、周囲の暗さは、モノ特有の黒い靄《もや》があたりに漂っているせいのようだ。暗闇に置き去りにされたように、どこを見ても暗く、進む先が見えない。小径は、まっすぐではなかった。これでは、戻る方角もわからない。

「少将様！」

どこへというわけでもなく、梓子は暗闇に向かって叫んだ。

「小侍従？　どこだ？　返事してくれ！　小径は木に……卯木《うつぎ》に塞《ふさ》がれている。君は、私の前を進んでいたのに、どうして、卯木が……？」

声のしたほうを振り返るも、やはり、少将の姿は見えない。その上、少将の声は徐々に遠くなっていく。でも、彼の足元にはまだ小径があるようだ。モノの影響下にあるのは、梓子だけということになる。

そのことに、恐怖と同時にわずかな希望を感じる。少将が無事なら、まだ詰んではいない。梓子は広げたままだった蝙蝠を閉じると、大きく息を吐いてから再び暗闇の向こう側に向かって叫んだ。

「少将様は、小径を戻ってください！」

少将の声が完全に途切れるその前に、梓子は力いっぱい叫んだ。返事がないか耳を澄ましたその背後に、さっきまで話題になっていた人の声がする。

「梓子？　……なにしているんだ、そんなところで叫んで？」

振り返ると、庭木の間から兼明が顔を覗かせていた。

「……兼明殿？」

思わず確認した梓子を、兼明が笑う。

「俺が他の誰に見えるっていうんだよ……って、お、扇、早く扇を拡げろ！　せめて、顔を隠すんだ！」

なんと、この距離感がおかしいと指摘された乳母子のほうが、宮中の常識を弁《わきま》えていた。梓子は、兼明に遭遇したことより、そのことに驚かされた。

言われたように蝙蝠を広げるも、その裏で周囲を見回し、疑問が生じる。淑景舎周辺ではないと感じる光景があった。よく知る殿舎と門の間に梓子は立っていた。ここは、かつての仕事場、内侍所のある温明殿《うんめいでん》の近くだ。

歩み寄ってくる兼明は、近衛舎人《このえのとねり》の衣装をまとっていた。夜回りの最中だったようだ。

「一つ確認なのですが、ここは兼明殿が例の殿上人様をご覧になった場所ではないですよね？」

兼明は眉《まゆ》を寄せた。どんな意味のある確認なのか疑問に思ったのだろう。それでも、まずは梓子の問いに答えてくれるのが兼明である。

「……今日の持ち場は違うぞ。なんだ、現場を確認したかったのか？」

「いえ。ある意味、現場に居たんです。例の階段のところに。その周辺を調べていたら、なぜかこの場所に」

小径の先で場所が変わったわけだ。つまり、階段云々《うんぬん》でなく、離れた場所がつながって、移動が生じることが、今回のモノが起こす事象ということになる。

でも、なぜ兼明の前に出たのだろう？

「階段？　本当にあったのか？」

問いかけてくる兼明の横を抜けて、梓子は温明殿に向かう。夜の庭を歩くより、殿舎を繋《つな》ぐ渡殿を通るほうが早い。温明殿に上がって移動しようという考えによるものだった。

「はい。……兼明殿、これからその場所に戻らねばならないので、わたしはこれで……」

温明殿に上がる階段に足をかけ、夜回り中の兼明に別れを告げたのだが、裾《すそ》を引かれて止められる。

「一人で行かせるか。俺も行く。見回りの順路は変えられる。それに俺もその階段とやらを見たい」

過剰にして過保護な兼明は、こう言い出したら引かない人だ。

「……兄様には、視えないじゃないですか？」

梓子は妹として、兄を諫《いさ》める言い方をした。

「だが、俺が行くことで、わかることもある。違うか？」

違わない。そして、兼明のそれは、もしかすると、讃岐を救うかもしれない。

だが、このまま戻れば、少将がいる。他に誰もいない。二人きりで行動していたことは、ごまかしようがない。

「いや……、ちょっと待ってください」

このまま兼明と先ほどの場所に戻っていいのだろうか。できれば、一人で戻りたい。兼明が戻らせてくれるわけがないとはわかっているけれど。

少将と二人きりで怪異を調べていた上に、なんらかの理由で別の場所に運ばれてしまいました……なんて状況である。結果として梓子は移動しただけで無事だったわけだが、それはあくまでも結果だ。なにか危ない目に遭っていた可能性はある。もう、兼明が怒るのは目に見えている内容が、これでもかというほど詰め込まれているではないか。

「いえ、ここは一人で戻って、もう一度試してみたいです。前回といい、今回といい、兼明殿の前に出るのが今回のモノの条件だとしたら、色々見えてくるので！」

兼明をこの場に留《とど》めるために、急いで考えた理由を言って、再び彼の横を抜けようとしたが、止められる。

「別に、俺がその場に居ても、問題ないだろう。俺がその場にいたらいたで、その俺の目の前に出てくるってだけだろう？」

こういう頭の回転の早さは昔からだ。この乳母子は、梓子に誤魔化されてくれないのだ。

「……そ、そうですね……」

諦《あきら》めて、梓子は兼明に淑景舎へ向かうことを告げた。

淑景舎の簀子《すのこ》を急ぐと、例の階段の傍らに少将が立っていた。近づく衣擦《きぬず》れの音に気づいて顔を上げた少将は、すぐに簀子に上がってきた。

「小侍従！　いったい、どこに消え……多田殿？」

少将が梓子の背後に兼明を見て、眉を寄せた。だが、ほぼ同時に兼明も少将に気づき、梓子の肩に手を置いた。

「右近少将様？　……これは、どういうことだ、梓子？」

もう両方から怒られる予感。しかも、両方を宥《なだ》めるのには、かなりの時間がかかるだろう。そんな場合ではないのだ。

「ちょっとお二人とも、黙って聞いてください。現状、怪異は目の前です。まずはこの状況をどうにかしましょう。わかりましたね？」

梓子は階段を指さすと、二人の視線を、お互いを睨《にら》み合うことから引き離した。

二人が適度に離れたのを確認すると、梓子は身を翻し、簀子の欄干を飛び越えた。

「小侍従、待って、一人で行ってはいけない！」

梓子の背後で少将が庭に飛び降りた音がする。だが、梓子は振り向かず足元を凝視していた。小径《こみち》は、まだ視えている。だが、モノ特有の黒い靄は視えない。怪異が事象を発生させている状態にはないということなのだろうか。

梓子は、周辺を慎重に確認しながら、少将に問いかけた。

「少将様、教えていただきたいことがあります。……少将様から見て、わたしは、どのように消えましたか？」

少将が思い出しながら話し始める。

「あの時、階段から続くこの小径を、君と話しながら進んでいたよね。消える直前、君は、私より少し先を進んでいた。その衣の裾が急にその先の闇に見えなくなったんだ。すぐに小径を進もうとしたが、あの卯木《うつぎ》に塞がれていた。君の声は聞こえたが、姿は完全に見えなくなっていたよ。君の声がしたほうに進もうと思ったけれど、この手の話は君の指示が優先されると思っているので、待つことにした。……小侍従。君が無事に戻って来てくれて、本当に良かったよ」

少し先を進んでいたとはいえ、移動は梓子の身にしか起きなかった。一回に一人しか移動できないのだろうか。それとも別の条件が梓子だけ当てはまったのか。

卯木が見えたところで、梓子は足を止めた。さすがに近づきすぎるのは危ない。梓子は少将と並んで、卯木から数歩離れた位置から木を見上げた。

背後に、人が近づいてくる気配を感じる。肩越しに振り返れば、兼明が、梓子たちよりもさらに数歩下がったところで、足を止める。

「……梓子。いまの話は、どういうことだ？」

その『どういうこと』なのかを考え中なのだ。梓子は兼明の追及を制した。

「ですから、現場を調べていたんです！」

「梓子じゃ話にならねえな。……右近少将様、不敬を承知で言わせてもらうが、なんで、梓子を一人で危ない目に遭わせたんだ？」

兼明が、少将に詰め寄る。

「多田殿、一旦《いったん》落ち着いて……」

衣に掴《つか》みかかろうとする兼明を宥めようと一歩前に出た少将の目の前で、突如、兼明の動きが止まり、そのままずるずると、少将にもたれるようにして前に倒れた。

■　五　■

「多田殿！」

少将は驚きに声を上げるも、しっかりと両腕で兼明を支えた。

「大丈夫です、少将様。これは、兼明殿にはよくあることなので」

梓子は、慌てることなく兼明の手を少将の衣から引き離した。

「こんなことが、よくあることなの……？」

「とりあえず、起きてもらいましょう。一旦下がって、地面にでもいいので、横たえてくださいますか」

少将の手を借りて、兼明を小径から階段の近くまで引き戻す。

横たえられた兼明は、すぐにカッと目を開いた。

「梓子、本物の怪異だ！」

「はいはい、そうですね。……だから、兼明殿は、ここには、いらっしゃらないほうがいいと思ったのですよ。で、少将様にお話ししてもよろしいですね？」

身を起こした兼明は、まだなにが起こっているのやらわからず困惑している少将の顔をじっと見てから、ため息をひとつついた。

「いい、俺が言う。……右近少将様、重ね重ねの御無礼、大変申し訳ない。ですが、処分は後ほどに。あとこれからの話は、あなた一人の胸の中に留めていただきたい」

兼明は一旦立ち上がると、少将の正面で膝《ひざ》を折り、深く頭を下げた。

「……謝罪の態度に反して、要求が多いね。でも、受け入れるよ。小侍従がそれを願っているからね」

少将が梓子のほうに視線だけ向けて、口元に笑みを刻む。

「あず……藤袴殿を信頼していただいているのですね。お仕えする身として嬉《うれ》しく存じます。では、自分も右近少将様を信頼して、お話しいたします」

どうやら兼明には梓子に仕えている認識があったようだ。そこに驚く梓子をチラッと横目に見てから兼明が核心を口にした。

「自分は、怪異の瘴気《しょうき》に触れると、気を失う身体です」

少将は兼明の言葉をゆっくりと自分の中で咀嚼《そしゃく》してから、梓子のほうを見た。

「……なるほど。兼明殿の言葉で、小侍従の言いたいこともわかったよ。あの階段も、それに続く小径も、兼明殿が倒れることはなかった。倒れたのは、小径の奥、私に摑みかかろうとしたことで近づいてしまった卯木の目の前だ」

卯木は、卯月《うづき》（四月）に花を咲かせる木で、和歌にも季節の花として、よく詠まれる。

別の綴《つづ》りでは、空木。枝の芯《しん》が空洞になっていることから、そのように綴られることもある庭木だ。樹木としては、そこまで高くならないはずの木が、小径を塞《ふさ》ぎ、先へ進むことを阻んでいる。

少将が小径の先を閉じた蝙蝠《かわほり》で指し示す。

「つまり、小侍従が縛るべきは、あの卯木なんだね」

それは、すでに疑問でなく確信している言葉だった。


問題の幻の階段には感じなかった近づきたくないドロッとした空気が、小径の先に立つ卯木を取り巻いていた。

「怪異の本体は、この卯木で間違いないようですね」

兼明が倒れない程度の距離まで卯木に再接近したところで、梓子は確信を口にした。

手前に見えていた階段や小径が、怪異のすべてではなかったということだ。

「三人がかりでようやく本体はわかった。でも、目的はなんだろうね？」

少将が卯木を見上げる。

「え？　こちら側と卯木の向こう側をつなげることじゃないんですか？」

瘴気の影響範囲に入らないように梓子たちの後ろにいる兼明が首を傾げる。

「それは、怪異が起こした事象の結果であって、目的とは違う。つなぐことで何をしようとしているのかが見えないままだ。目的不明では、小侍従が縛れないだろう？」

少将の言うとおりだ。梓子は卯木を見上げた。モノの根底を成す目的を流し込むような形で名づけと言の葉の鎖による縛りを行ない、物の怪《もののけ》に至らないようにするのだから。

「このままでは、名前も歌も思い浮かびません」

少将が梓子の頭を撫《な》でてきた。後方の兼明が、なんとも形容しがたいうめき声を上げるも、少将は何も聞こえていないかのように続ける。

「そこをいいかげんにするわけにはいかないんだから、自分のせいだなんて思わなくていいんだよ。……かといって、名もなき庭木で、見た目にも庭木。物の怪化していない以上、これは、陰陽師《おんみょうじ》や仏僧に任せられる段階にないようだね。さて、どうするか」

並んで卯木を見上げる少将が、苦笑を浮かべた。

「このまま噂が広まって、この卯木が物の怪と化したら、この場所に縛られなくなるから宮中のどこにでも階段や小径が現れるってことか。夜回りの時に出られたら厄介だな。……なあ、梓子。思ったんだけど、庭木として実体なら、切っちゃえばよくないか？」

兼明の提案に、少将と二人で振り返る。

「それは……って、えぇ？」

突如、卯木の葉が二人の頭上に降り注いだ。

■ 六 ■

「小侍従。一旦下がるよ！」

少将は梓子を抱え上げると、兼明と共に階段のところまで走り、卯木と距離をとった。

「切られるわけにいかないから抗《あらが》ったみたいだね。……それでいくと、木として切り倒すのは、この怪異に有効な対処方法ということだ。いい提案だったよ、多田殿」

梓子を地面に降ろした少将は、夜回り装備の兼明の腰に下げられた太刀を手に取った。

「小侍従は多田殿と、ここにいて。ここまでは襲ってこないところを見ると、卯木が攻撃できる範囲の外なのだろうからね」

「少将様は、どうなさるおつもりなのですか？」

梓子を振り返った少将の口の端が片方だけ上がる。

「目的を探るには近づくよりないだろうから行ってくるよ。なに、怪異が起きても事象としては移動するだけだ。たいしたことはない。まあ、本音は、本職武士である多田殿にお任せしたいが、ここで動かねば近衛府《このえふ》の武官の名折れ。いざ襲われたとなれば、幹は無理でも枝ぐらいは切れるだろう」

太刀を構えた少将が再び小径《こみち》の奥へと向かう。

「……納得。こういうところが、宮中の女性陣から騒がれる理由か」

兼明が呟《つぶや》く。何か言おうとして口を開いた梓子だったが、今度は、少将が卯木の花を枝ごと浴びせられて、思わずそちらに叫ぶ。

「少将様！」

「大丈夫だよ。花が落ちて当たるぶんには、たいして痛くもないが、小枝とは言い難い大きさの枝となるとなかなかだ。もう少し太い部分から断ち切らせていただこう！」

少将が幹から枝分かれした太めの枝を切った。

「この太刀と私の技量で切れるぎりぎりの太さだ。これ以上は厳しいな……」

落ちた枝までも卯木に動かせるのであれば、厄介だと思ったのだろう。少将が落とした枝を卯木から離すために蹴《け》り飛ばす。瞬間、少将が消えた。

「少将様！……って、え？」

少将が消えたのは、ほんの一瞬で、すぐに目の前に現れた。

「少将様！　やはり、兼明殿の前に繋《つな》がって……？」

「違うよ、小侍従。私は君の前に出たんだ。……ああ、ようやくわかったよ。この怪異は、ただ移動するんじゃない。この怪異の事象は『考えていた相手の前に出る』んだ。某御方は、冠を探しながら、こんな状態を人に見られたくないと考えたのだろう。夜の庭だ、特に夜回りの近衛舎人《このえのとねり》に見つかったら……と思ったんじゃないかな。小侍従は、あの時、ちょうど多田殿の話をしていたし、当然その顔を頭に浮かべていただろう。私は、君をこれ以上どう守れるかを考えていたんだ」

その三回の怪異の発動のすべてに居合わせる兼明の引きの強さは何だろうか。

「思い浮かべていた相手の前に出る、か。……これは悪用されたら最悪だね。是が非でも、この場で縛ってもらわねばならないね」

少将は何を想像したのか、暗い顔をしている。

「少将様、目的まであと一歩です。必ず縛りましょう」

梓子は、少将を励ましつつ自分にも活を入れた。有言実行とばかりに、目的解明のため、先ほど少将が蹴り飛ばした枝を見据え、それに気づく。

「少将様、卯木《うつぎ》の枝に何かが詰まっています」

切って落ちた枝から、少将が布切れを引っ張り出す。

「これは、衣だね。……卯《う》の花《はな》に紛れて見えにくいが、卯木本体の枝の切り口からも見えている。あの見えている、衣の一部じゃないかな。……おそらく単衣《ひとえ》だ」

少将が視線を卯木に戻す。梓子もその視線を追って卯木の枝を見た。

「単衣がなぜ木に……」

そのことと『考えていた相手』の前に移動することのつながりは何だろう。

「考えていた相手と単衣……は、想い人と単衣……？　もしや、これって『衣返し』ではないでしょうか？」

小野小町《おののこまち》の和歌にも詠まれている『衣返し』は、まじないの一種だ。夜着にしている単衣を裏返しに着て寝ることで、恋しい相手が夢に現れるという。

「……そういうことか。例の階段も小径も夢で想い人に会うための夢の通い路の一部ということだね。これで怪異の目的が見えたようだ。さて、小侍従。いけるかい？」

騒ぎの発端となった階段が、想い人に夢で会うための『夢の通い路』の一部ということであれば……。

「もちろんです」

梓子は、衣の懐から草紙と筆を取り出した。梓子は陰陽師でも仏僧でもない。術を行使する才気は持ち合わせていない。だが、母が遺《のこ》した草紙と筆を正しい手順で使うことによって、モノや妖《あやかし》を縛ることができる技を引き継いでいる。

「梓子……。その技を使えるのか？」

兼明が驚きに目を見開いている。

この技は、母から娘へ……と女系でのみ継がれてきたもので、母も自身の母から継いだらしい。その始まりは、古都（奈良）の神事に関わった家にあったと伝えられているが、真偽のほどはわからない。この地に都が定められて、二百年以上の時が経っている。その間も、男系で継がれる術のように表で活躍することなく、記録される歴史の裏側でひっそりと継がれてきた技である。

だが、梓子の母は直接技を引き継ぐことなく亡くなった。だから、兼明は技は梓子の母の代で途絶えたものと思っていたのだろう。

梓子は前回『もののえ』を縛った紙をめくり、まだ何も書かれていない紙に、神代にイザナギノミコトが鬼を祓《はら》った桃の木で作られたという筆の先を置いた。

「夢の通い路は、不確かで儚《はかな》いからこそ趣深いというもの。誰にも見えていいものではありますまい」

梓子がモノや妖を縛る力の源は、和歌を詠み、文字で草紙に書くことで得る歌徳にある。歌徳とは、和歌を詠むこと、あるいは和歌を奉ずることで、神仏や人々の心を動かしご利益を得ることをいう。『古今和歌集《こきんわかしゅう》』の仮名序には、「力をも入れずして、天地を動かし、目に見えぬ鬼神をもあはれと思はせ」ることができるのが和歌であると書かれている。和歌が持つ言の葉の力で歌徳を得る。この歌徳を帯びた言の葉の鎖でモノや妖を搦《から》めとり、姿形と名を与えて紙の中に縛る。それが、この技の正しい手順だ。

「かみまつる　やどのうのはな　しろたえの
神を祭る家の卯の花は、真っ白な
「みてくらかとぞ　あやまたれける」
御幣《みてぐら》かと見間違えてしまった

筆に重みが加わる。筆が綴《つづ》る和歌の言の葉が歌徳を得て鎖となる。その言の葉の鎖が、卯木に巻きつく。淡い光が夜の庭にゆらりと広がる。

「その名、『きざはし』と称す！」

かつて、紀貫之《きのつらゆき》が屏風《びょうぶ》に奉じた歌だという。今回は階段と見間違えただけ、実際は違うものだった……とすることで、階段も小径も卯木さえも、すべてを『そう見えただけのもの』に落とし込んだ。「噂の正体なんてそんなものだ」と話の最後につけるだけで、

『幻の階段』の噂話もすぐに消えるだろう。宮中の噂話こそ、そんなものだから。

「卯木が……消えた」

呟いた兼明が、卯木のあったあたりまで近づく。そこには、縛る前に落とされた卯木の残骸《ざんがい》があるだけだ。それを見下ろす兼明に倒れる気配がないところを見ると、無事に草紙に縛れたということだろう。

「お疲れ様、小侍従。まあ、見間違いは、よくあることだよ。……階段を踏み外したと主張する方にも、そもそも見間違いだったということでご納得いただいて、女官を責めないようにお願いするとしよう。あれが、どういう怪異だったかは、知られないほうがいい。ここだけの話にしよう。少しでも耳にすれば、求める者がたくさん出てきそうな怪異だ、とても危険だからね」

梓子と兼明に他言無用を説いてから、少将は梓子の背後に回る。

なにごとかと思って振り向けば、モノを縛ったあとに倒れる梓子を受け止めるために身構えていた。ありがたく甘えさせてもらい、梓子は少将の腕の中に倒れ込んだ。

「どうした、梓子？　大丈夫か？」

少将の腕に抱き留められた梓子を見て、兼明が駆け寄ってくる。

「そう心配することではないよ。モノを縛るのには、体力も気力も使うからね。小侍従は毎度こうなるんだ」

兼明に説明する気力を失っている梓子に代わって少将が言ってくれた。

「そういうものか？」

兼明は、梓子よりもずっと鮮明に梓子の母のことを憶《おぼ》えている。記憶の中の母が縛りを終えた時と比べているのかもしれない。

「……そういうものです」

梓子は短く答えるにとどめた。

モノや妖を縛るには、歌徳を得られるほどの言の葉の力を持つ和歌が必要だ。だが、歌を詠むのが苦手な梓子は、そこまでの力を持つ和歌を自身で詠めない。そのため、他者の詠んだ和歌の言の葉の力を借りているのだが、自身のものではない言の葉で歌徳を得るためには、言の葉を綴る際に相応の念を込めなければならない。これが少将の言うように、梓子から体力も気力も奪うのだ。

きっと、母から正しく技を受け継ぐことができなかったから、こんなにも不甲斐《ふがい》ないことになっているのだろう。

毎度こんな状態になる自分が、このまま技を使い続けることに問題はないのだろうか。

瞑目《めいもく》する梓子の髪を、労《いた》わるように撫《な》でる手を感じて目を開ける。

「頑張っているんだな、梓子。立派だった」

兼明が笑っている。ただそれだけのことなのに、兼明だけでなく、亡くなった母にも許されたような気がして、わずかに残っていた身体の力も抜けていく。

「梓子……？」

「多田殿、いまは休ませてあげよう」

優しい声が、梓子を包み込む。抱き上げられた腕の中で思うのだ。

梓子は、事の始まりから、少将に許されてきた。陰陽師《おんみょうじ》や仏僧の術などに比べて、あまりにも使い勝手の悪いこの技を疑うことなく信じ、危うい時も離れずに、終わった後はこうして支えてくれる。

兼明は、帝《みかど》の勅が梓子と少将の二人に下されることを良く思っていないようだが、梓子はこれまでもこれからも、少将に共に居てほしいと願っている。

梓子は信頼を示すように、少将の衣の胸に頰を寄せた。


草紙に『きざはし』が加わった翌日。帝が少将を伴って梅壺にお渡りになった。

「本体の衣を詰め込んだ卯木《うつぎ》ごと縛りました。これにより問題の階段も消えました」

少将が改めて事の顚末《てんまつ》を御前で報告する。

「よくやってくれた。のちほど褒美を与える。件《くだん》の者には、調べさせたところ、階段と見間違えるものがあったが階段ではなかった、それは撤去したから出仕してくるように、と促そう。……階段はなかったのだから、火燭《かしょく》の件に関して責められる所以《ゆえん》もない。内侍所の者たちも安心するよう、典侍から伝えておくように言っておこう」

「ありがたきお言葉にございます」

これで、讃岐が処分されることはない。梓子は平伏した。

「それにしても、階段それ自体が問題ではなかったとは、見極めの難しい話だったな。よく卯木が本体だと見極めてくれた」

帝のお言葉に少将が苦笑する。

「私もどうやらモノ慣れしてきたようです。階段を目の前にしたときに、これは違うな、と感じました。……ただ、卯木が本体だとわかったのは、多田殿の協力あってのことにございます」

兼明の協力について詳細を追求することなく、帝は頷《うなず》いた。

「わかっている。かの近衛舎人《このえのとねり》の褒美も手配させよう。……ああ、庭木も新しいものを手配する必要があるな。一本とはいえ景色が異なると、不安になる者もいるだろう。藤袴、周辺の木も植え替えたほうがいいだろうか？」

帝に問われて、梓子は少し考えてから回答した。

「本体としては、卯木の木一本でしたから、周辺の木々はそのままでも問題ないと思われます。……木一本丸ごと縛るのは『もものえ』で行なっておりましたので、今回も大丈夫だとは思っていましたが、これが、まとめて何本もの木を縛るという話になると、言の葉の鎖では縛りきれないこともあるかもしれません。今回は僥倖《ぎょうこう》でした」

和歌は三十一文字。ひらがなで綴ることにより、言の葉の鎖としては最大長を確保しているが、それにも限界はある。

「単衣《ひとえ》を木にかけておくわけにもいかず、卯木の空洞に詰め込んだのでしょうか。次は、小ぶりな葛籠《つづら》にでも入れていただきたいですね」

梓子が縛る側の希望を口にすると、それまで黙って話を聞いていた左の女御が、几帳《きちょう》の奥から問いかけてきた。

「……時に、卯木に入っていたという衣は、いったい誰のものだったのでしょうか？」

梓子は少将のほうを見た。昨日の今日で、この件を二人で話してはいなかったので、どう答えるべきかわからなかった。そもそもあの場で、布の切れ端を手に取って見たのは少将だけで、梓子は遠目にしか見ていないのだ。

梓子の視線を受け、少将が左の女御の疑問に応じた。

「怪異の本体であった卯木の空洞に詰め込まれている状態だったので、触れることは叶《かな》いませんでした。取り出して拡げれば、大きさで男女いずれの衣であるかくらいはわかったかもしれませんが」

切った枝から引き出した布の切れ端だけでは、誰のものであるか以前のところでさえ判別がつかない。

「いたしかたない。それをすれば、二人が危ない目に遭っていた可能性が高い。朕はそこまで望まぬ。例の階段で踏み外す者が出なければ、もう十分だ」

帝の勅は、階段の件の解決だった。そこが解決できていれば良しと言ってくださるのは、ありがたい。

この話は、これで終わりでも咎《とが》められることはないだろう。だが、梓子は縛ったその先のことも話すべきだと思った。

「幻の階段を見た者はいても、誰かが通ったのを見たという話はどこからも出てきておりませんでした。もしかすると、夢の通い路を通した者は、すでにこの世の者ではなくなっているのかもしれません。もっとも、すでに縛りましたので、常の人であろうと、常の人ならざる存在であろうと、あの通い路を利用することはもうできません。ただ、一つ問題が……」

梓子は、言葉を区切り、自分の中で今一度考えをまとめてから続きを口にした。

「あの『きざはし』が、宮中を出ていくためのものだったのか、宮中に入るためのものだったのか……、通る者が目撃されなかったため、それがわかりませんでした」

幻の階段であっても、階段は階段。夢の通い路の一部として昇降のいずれかの用途に使われるためにあったはずだ。だが、庭から殿舎に上がるためのものなのか、殿舎から庭に降りるためのものなのか。それを判断する材料がない。

「想い人に夢に会いに来てほしいという願いが大本にあるのですから、宮中に人を招き入れるためのものだったのかもしれません。そう考えると、縛るその前に、霊的なものが宮中に入るための通り道にしていた可能性がございます。どうか内裏の守りをお強めください」

帝が大きく頷いた。

「わかった。蔵人所に使いを出す。蔵人所の陰陽師に対処させよう」

力強い言葉の続きは、一転してやわらかなものになる。

「賀茂祭の近いこの忙しい時期にご苦労だった。あとは祭事を楽しんでくれ」

蔵人所は、帝や皇族の私的な要件に対応するために設置された部署で、その蔵人所に属する『蔵人所の陰陽師』には、宮仕えの陰陽師の中でも最高位の者が就くことになっている。

陰陽道の頂点にあるような人物にご対処していただけるとは、大変ありがたい。梓子は、少将と揃って平伏した。

■　終　■

少将とともに御前を下がった梓子は、自身に与えられた局《つぼね》に戻ろうとしたところで、簀子《すのこ》を早足で近づいてくる足音に、御簾《みす》を上げた。見れば、こちらに来るのは兼明だった。

「梓……藤袴殿、右近少将様は？」

梓子に気づいた兼明が、そう問うので、梓子は思わず首を傾げた。兼明が少将に用事とは、いったい何事かと思った。それは、少将本人も同じらしく、母屋《もや》から簀子に出た少将が、警戒気味の表情で兼明に問い返す。

「なにか、私に御用でしょうか？」

短い沈黙のあと、兼明が勢いよく叫んだ。

「役立たずは、自分のほうでした。すみませんでした！」

年上、身分も上の右近少将を相手に、兼明の物言いは軽い。ただ、彼の素直な気持ちからの謝罪であることは伝わる。

「藤袴殿をお助けいただいたこと、誠に感謝しております」

梓子としても感謝している。なんとなく兼明と並んで少将に頭を下げた。

だが、続く言葉に勢いよく頭を上げざるを得なかった。

「ただ、それでも……あの技があるからといって、藤袴殿を危ない目に遭わせていることについては納得がいきません。いかに主上の勅であろうとも、そこは譲れません！」

少将を相手に、またそんな言い方を……。梓子は上げた頭を抱えたくなった。そこに背後から、頭を抱えるくらいでは済まない呟《つぶや》き声がした。

「ほう、私の勅《みかど》であっても、か……」

母屋にいた帝の耳にも、兼明の大声は届いてしまっていた。簀子に出る手前の御簾越しに、少将と兼明のやり取りを聞きに出てきたようだ。簀子のほうまでは聞こえないだろう帝の小さな呟きに、チラッと背後を窺《うかが》うと、左の女御が額に手をやっていた。

あ、これは、主上に気に入られた。これからは兼明も帝のお気に入りの臣下を意味する『帝の飼い猫』に数えられることになるだろう。

「それと、貴方《あなた》は藤袴殿にモノが視えていることがわかっているのに、なんかモノを連れていますよね？　俺……自分は、あなたに近づきたくないです！」

兼明は、少将を警戒しているようだ。近づきすぎると倒れるかもしれないと、思っているのだろうか。兼明にモノは視えないが、少将にまとわりつくモノの存在は感じ取っているのだ。

少将は、兼明の指摘に応じることなく、ただ黙って、梓子の局の前のいつもの位置に腰を下ろした。

長くモノを寄せる体質に苦しんできた少将は、その体質について口にすることを極力避けている。常に触穢《しょくえ》の状態にあるのだ、宮仕えを続けるのであれば、誰に知られてもいい類《たぐい》の話ではない。それに、知られれば、自分一人の話ではなくなる。少将は、帝の寵臣《ちょうしん》であり左大臣の猶子だ。政の交渉において、脅迫、あるいは糾弾のために利用されるだろうことは、容易に想像がつく。たとえ、どれだけ色好みだと騒がれようと、物《もの》の怪憑《けつ》きと噂されるよりましだ。だから、少将は、その種の噂を、ほぼ放置しているのだ。どうせ実のない話しかないのだから言わせておけばいい、モノを寄せる体質のことは、信頼するごく少数の人々が知っていてくれれば、それでいい……というのが少将の考えなのだ。兼明が梓子の乳母子《めのとご》であろうと、いまのところ兼明は知っていてほしい少数の人々には入っていない。それゆえの沈黙だった。

梓子は、御簾越しに乳母子を見つめる。梓子は少将に憑いているモノを怖いとは思えない。だが、兼明は警戒している。兼明は、瘴気《しょうき》に触れて倒れてしまわないよう、自衛としてモノの脅威に対する感覚が梓子よりも鋭いのだ。その兼明が警戒しているというのは、少将に憑いているモノの正体を知る糸口になるかもしれない。なにせ、少将に憑いているモノは、怪異としての事象を持たない。ただ、少将に憑いているだけで、何をするわけでもないようなのだ。それでは、名のつけようも、縛るための言の葉の鎖となる和歌を選ぶこともできない。この状況を壊せるのであれば……。

そんな梓子の視線に気づいたのか、兼明が急にこちらへ話を向けてきた。

「だいたい、梓子も梓子だ。御母上様と同じ道を選んだなら、なんで『こうげつ』を連れていないんだ？　アレなら強いし、御母上様の従者のようなことをしていたから、わからないことがあれば尋ねることもできる。『こうげつ』がいるなら、俺だって安心できるんだけどな」

突如こちらに話を向けられたことと、それを上回る内容に戸惑う。

「……『こうげつ』？」

母が連れていた怖いなにか。その存在は『つきかけ』の骸骨《がいこつ》から聞いていた。だが、それが『こうげつ』と呼ばれていたことは、知らなかった。

それ以前に、その名には、草紙に縛ったモノや妖に与える名と同じ系統の響きを感じる。だとしたら、亡くなった母が連れていたのは……。

「まさか、縛ったはずのモノを連れていたの？」

梓子は、懐に入れた草紙と筆を衣の上からぎゅっと押さえた。

弐話

すずなり

■序■

典侍の曹司《ぞうし》には、よく人が訪れる。帝に近侍する典侍は、宮中の女性の中でもっとも顔が広い。典侍より高位の女性はいるが、女御も尚侍《ないしのかみ》も典侍ほどは表に出てこないので、必然的にそうなるのだ。

訪問者の主な目的は『ご相談ごと』という名の『口添えのお願い』である。受領《ずりょう》階級の者であっても、典侍には手順を踏めば比較的簡単に会える（実際は御簾《みす》越しなので、顔を合わせるわけではないが）。基本的に宮中にいて、滅多に自邸に戻らないので、自邸にいるのか宮中にいるのかはその時次第の忙しい上達部《かんだちめ》より訪問の予約が取りやすいというのもある。

その典侍の曹司が、訪問者を拒むように草紙や紙の束に占領されていた。宮中の書庫に比べるほどではないが、それなりに量がある。

すべては、梓子が母から受け継ぎ、母はその母である梓子の祖母から受け継ぎ、祖母はその……と代々受け継いできたモノや妖《あやかし》を縛った草紙や紙の束だ。古いものには古都（奈良）の頃の、まだ巻子の形式だった頃のものもある。紙の状態から推測するに、巻子にすることを前提とした紙にモノを縛り、ある程度の量になると巻子にまとめて保管していたのではないかと思われる。巻子にする前は、紙束として重ねて保管していたということになるわけだが、部屋の隅に積み重なるモノを縛った紙束というのは、想像するになかなか怖い。

「一応、母上が梓子の御母上様からお預かりして屋敷で保管していたものを、あるだけ持ってきたけど、どうだ?」

兼明が御簾の向こうから問いかける。近衛舎人《このえのとねり》である兼明だが、前回の件で帝のお気に入りとなり、昇殿を許される官位を賜り、本日から簀子《すのこ》に座すことができる身となった。庭から話し掛けられているわけではないので、その声は聞こえているのだが、梓子は目の前の草紙をめくるのに集中していた。物がモノを縛ったもの(ややこしい)だけに、おいそれと左の女御様の居所である梅壺に持ち込むわけにいかず、帝がいらっしゃる清涼殿《せいりょうでん》からも距離のあるこの内侍所の典侍の曹司に場所を借りたわけだが、いつまでも占領しているわけにはいかないので、できる限り早く確認しなくてはならない。

「こうげつ……こうげつ……」

確認すべきは、『つきかけ』が言っていた母の連れていたという怖いものであり、兼明が覚えていた母の傍らに従っていた強く安心できる存在『こうげつ』に関する記述である。

縛る時にモノに与える名前は、言葉の鎖となる和歌が、同じ和歌で別のモノを縛れないのと同じように、同じ名前をほかのモノに与えることはできない。

だから、『こうげつ』が過去のどこかでその名によって縛られたモノであるならば、その記録が、代々引き継いでいる巻子や草紙の中に書かれているはずなのだ。

「……いたとして、どうして母上様は縛ったはずのモノを、お連れになっていたの？」

そこが一番の問題だ。兼明は、母が『こうげつ』を連れていたと言った。縛ったはずのモノを言の葉の鎖から解いたということになる。ただ、怪異にあてられやすい兼明は、梓子の母と『こうげつ』が並び立つところを近くで見たことはないそうだ。遠目に多田の屋敷を出入りする屈強な武士と比べても遜色《そんしょく》ない強そうな男の後ろ姿が見えて、母がその男を『こうげつ』と呼んでいたことだけを覚えているのだという。ただし、ごく幼い頃の記憶で曖昧《あいまい》な部分も多いらしい。なにせ、その存在自体、梓子が母の技を継いだことを目の当たりにしたことで、ようやく思い出したくらいだ。

梓子としては、『こうげつ』の名を覚えていてくれただけでもありがたいのだが、本人は力になれないと嘆いて、何か手伝おうとしてくれる。

「大丈夫か、梓子？　俺も一緒に探そうか？」

多田の屋敷の感覚で、兼明が御簾を上げようとする。

「兼明殿！　几帳《きちょう》の隔たりもなしに部屋に踏み入るなど、許されませんよ！」

典侍がピシャリと甥《おい》っ子《こ》を叱る。兼明は簀子の高欄の際まで慌てて下がった。

「ここは宮中、そのことを忘れてはなりません。よろしいですね、兼明殿」

あまり人から見える場所にいるのも良くないと思ったのだろう、典侍が御簾の端から手だけだして、手招きする。

「はい……」

兼明は、昔から梓子の母に限らず、年上の女性に弱く、その言葉は絶対なものと定めているので、大人しく御簾の近くまで膝《ひざ》を進めた。本来、近衛舎人である兼明は、宮中の御簾の前に大人しく座っていることなどない。距離感がつかめないのも致し方ないことだ。そう考えると、出逢《であ》いの初めから宮中の男女の距離をしっかりと守っていた少将は、さすがだと今更ながらに感心する。

「少将様は、少将様だなぁ……」

ついそう呟《つぶや》いた梓子の思考を遮るように、することがなくなった兼明が御簾の向こう側で話し始める。

「ところで、梓子。聞いてくれるか？　大学寮《だいがくりよう》に居た頃の友人の話なんだが……」

兼明は兼明なりに、怪異に当てられて気を失う体質に悩み、武人として貢献できないという考えから学問で身を立てるべく、大学寮に居た時期がある。結局、根っからの武人であることを自覚し、多田の家に戻って鍛え直してもらい、今に至るわけだが。そんな経歴から、彼には意外と宮中の若い公達《きんだち》や文官に知り合いが多い。

「いまは左中弁《さちゆうべん》におなりだが、三年半前、北の方があの流行《はや》り病の余波でお亡くなりになったんだ」

兼明のいう『あの流行り病』とは、十年ほど前に、京の道を遺体で埋め尽くしたとまで言われたほどに猛威を振るった疫病のことだ。この流行り病は数年間続き、宮中でも、皇族、上達部や殿上人など多くの犠牲者が出た。

左中弁もお気の毒だ。三年半前となれば、あの流行り病で亡くなる者も、もうほとんどいなくなっていたはずだ。ただ、わずかながら死者が出ていたことは聞いている。だが、流行る規模の差こそあれ、毎年のようになにかしらの流行り病が起こるので、余波によるものであったかどうかもわからないが。

左中弁は、弁官《べんかん》の一役職である。弁官は八省《はっしょう》を率いると言われ、左の弁官は、中務《なかつかさ》・式部《しきぶ》・治部《じぶ》・民部《みんぶ》を管轄している。

「いまも亡き北の方を想い、新たな通い先は作らず、独り身を貫いているそうだ。とても一途《いちず》な方なんだ。婚家からも大切にされて、期待も受けていた。……どこかの誰かとは大違いだろう」

なるほど、話の着地点はそこらしい。チラッと典侍のほうを見れば、手を額にやり、首を振っている。

兼明は昔から梓子に過保護だ。乳母子《めのとご》の域を逸脱し、実の兄か本人が乳母かというほど、周囲への警戒心は強く、いまの話にも出た大学寮時代、梓子の存在を聞きつけた大学寮の友人に紹介というか手引きを頼まれ、ただ断るでは済まない大げんかになったこともある。なお、多田の屋敷に居た約一年前まで、梓子宛ての文は兼明も確認していたらしい。相手の家でなく本人について情報を集め、梓子の相手として申し分ないかを判断していたのだという。彼には彼の、梓子を任せるべき理想の相手というのがいるらしく、その基準はとても厳しい。おかげさまで、梓子の手元にまで殿方の文が届いたのは、たまたま兼明の確認を免れた、ほんの数通だけだった。

「俺は、そういう一途な男にこそ、梓子を任せられると思うんだが、どうだろうか？」

かつては、梓子を後添えになどするものか、と言っていた気がするが、さすがに梓子も二十一歳になっているので、その条件はなかったことになったようだ。

「はあ……、一途な方ですか」

一途な殿方に後添えを紹介して、うまくいったら、一途ではなくなるのではないだろうか。理屈が破綻《はたん》している。

まあ、それだけ、兼明が少将を忌避しているということだ。兼明は怪異に当てられやすい体質からか、梓子のようにモノを視ることはできないが、少将に近づきたくない何かが憑いていることがわかるのだろう。確信を持って、梓子に近づけたくない相手だと思っているのだ。少将の艶《つや》めいた噂なら、実がないと否定することもできるが、ことがモノが少将にまつわり憑いている件となると、本当のことで否定のしようがなく、梓子にもどうにもならない話だ。

「俺が仲介人になって、この縁談をまとめるから、考えてみないか」

うわの空で返事をしていた梓子も、草紙をめくる手を止めて、ようやく顔を上げた。

「……兼明殿、いま、なんと？」

問いかけられた相手は、御簾《みす》の向こうにもかかわらず、誇らしげに胸を張った。

「縁談だ。俺が仲介人として、梓子の素晴らしさを相手に伝えるから大丈夫だ！　たとえ、梓子が『あやしの君』だとか『モノ愛《め》づる君』などと噂されていようと、そんなものは気にすることではないと、俺がちゃんと説明する。梓子は歌が苦手だが、文字は御母上様に似て美しい！　そこは誇っていいところだ。絶対にうまくいく、大丈夫だぞ」

ちっとも大丈夫じゃない。能筆ぐらいで、『あやしの君』や『モノ愛づる君』などと噂されていることが帳消しになるわけがないではないか。むしろ、それで説得されるようなら、そんな人物のほうが不安になるというものだ。

そもそも兼明が仲介人というのもどうなのだろうか。仲介人は、貴族層の男女の仲を仲介する役割の者のことで、多くの場合、女房か乳母が務めることになる。

貴族層の男女の仲は、最初にお年頃の姫を持つ家が、家人を通して姫の噂を流すところから始まる。その噂を聞いて姫に興味を持った殿方が文を送ってくるわけだが、ここで仲介人の役割を持つ者が文を吟味し、時に代筆返信して、姫に近づけていい殿方なのかを見極める。そこから姫と殿方との文のやり取りが始まり（この段階でも、まだどちらか、あるいはどちらも代筆ということもある）、文を交わして互いに問題なしとなれば、御簾越しに会話することが可能となる。直接言葉を交わし（姫によっては乳母や女房を介したやり取りしかしないこともある）、さらにお互いを知り、それでも問題なしとなれば、いよいよ逢瀬《おうせ》という名の夜這《よば》いが始まる。ここで終わりではない、三日続けて殿方が姫に通ってようやく結婚成立を周囲に公表する所顕《ところあらわし》になる。このように、正式な手順を踏むとなると、とても細かく段階が定められているものなのだ。

仲介人は、姫に近づく相手を見極める門番のような役割を担っている。ここを通過できなければ、結婚への道は開かれない。

その仲介人になると兼明は言うが、話を聞く限り門番の役割は最初から放棄しているように思える。はたして、兼明は仲介人という役割を正しく理解しているのだろうか。

そう言えば、二条邸に誘われる際も、仲介人を立てずに話を進めることを、少将は気にしていた。やはり、少将は少将だ。貴族の常識を基準に善し悪しを考えている。

ここは、仲介人とは何かから説教すべきか、と思った梓子だったが、典侍が先に甥に反論した。

「なにをおっしゃいますか、兼明殿。右近少将殿は左大臣様の北の方様の甥にして、左大臣様の猶子。さらには、主上の覚えめでたき御方。婚家を持たぬ姫様のご事情を酌んで、姫様をお迎えすべく二条の御屋敷を整えてくださったのですよ。なにより、右近少将殿は、姫様を左の女御様にご紹介くださいました。……これは、この不甲斐《ふがい》なき私では成し遂げられなかった偉業なのですよ。この一点だけでも、私がどれほど右近少将殿に感謝をしているか……」

こちらもこちらで御簾越しの甥を相手に衣の袖《そで》を目元に寄せて、涙ながらに訴える。

「典侍様。二条の件は、どうか耳目のある場所ではお避けください」

梓子は慌てて止めた。少将は当代一の色好みで知られている。お若い頃は、そう呼ばれるに相応《ふさわ》しい所業もあったようだが、思うところあって出家したことがあり（結局は連れ戻されて俗世に留《とど》まっているが）、その影響か現状は艶めいた噂に実が伴っていない。だが、途切れなく噂になる相手が出てきて、少将本人にはまったく記憶のないお通いの相手が京中にいることになっている。どこかの姫が、少将が所有する二条の御屋敷に迎えられるなどと誰かが耳にして噂が広まれば、『我がことなり』とばかりに、多くの姫君が押しかけてきかねない。その懸念から、梓子はこの件を知る人々に他言無用をお願いしていた。

「ご安心を。曹司《ぞうし》の周辺は人払いしております。なにせ、この種の草紙が大量に運び込まれたわけですから……」

さすが、典侍。実質的な宮仕え女房の頂点に居る方は、先を見越した配慮が行き届いている。たしかに、縛ってあるとはいえ、モノを宮中に持ち込んだと言われれば否定できない状況である。人払いは必須《ひっす》と言える。だが、これで典侍と兼明が少将のことで言い合いになろうと、モノを縛った草紙をどれだけ大量に宮中に持ち込もうと、噂を流されることはないだろう。梓子は安堵《あんど》に微笑み、典侍に礼を言った。

「ありがとうございます。幾度となく典侍様のお手を煩わせまして、大変申し訳ございません」

幾度となくというか、毎度のことながらというか。宮仕えの始まりから、ほぼ途切れることなく、典侍の手を煩わせている気がする。

……噂に実があろうがなかろうが、最終的に諸悪の根源は、わたしという話なのではないだろうか。これは、早く終わらせねば。長引けば『内侍所であやしの君が怪しい密談をしていた』などと新しい噂を立てられて、典侍様にさらなるご迷惑をおかけすることになりかねない。

梓子が、そんなことを考え、見終わった草紙を手早く元の状態に戻していると、御簾の外の兼明が警戒心を声ににじませて、御簾の内に声を掛けてきた。

「……叔母《おば》上。誰か来るようだ」

兼明の一言で、静まり返った典侍の曹司に、遠くから慌ただしい声と複数人の衣擦《きぬず》れの音が近づいてくる。

「……人払いしたというのになにごとでしょう？　ずいぶんと急いでいるようですね」

典侍が目元に寄せていた袖を下げて、御簾の向こう側を窺《うかが》う。優雅とは言えない急《せ》いた衣擦れの音が近づいてくる。

「女房が三人、すごい形相でこっちに来る。……よほどのことがあったようだ」

簀《すの》子《こ》に座する兼明が、その音の主《ぬし》の姿をいち早く視界に入れて、御簾の中へと報告する。梓子も人が来るということで、急ぎ草紙や巻子を曹司の奥に押しやった。

ほどなくして、荒々しい衣擦れの音は典侍の曹司の御簾前で止まり、兼明が言うところのすごい形相をした女房三人が、大きな声をあたりに響かせた。

「典侍様！　朔平門《さくへいもん》で異変が、大至急内侍所の女房たちを向かわせてください」

■　一　■

よほど急いでいたのか、女房三人の先頭に居た一人が、御簾を押しやって曹司の中に入ってきた。

「典侍様。朔平門に女房たちを向かわせてください！」

改めて訴える女房に、すぐに反応したのは、簀子にいた兼明だった。

「なにが起きました？　賊の類《たぐい》ならば、すぐに我らも！」

そう言って、すぐさま立ち上がる。さすが内裏警護を本職とする近衛舎人《このえのとねり》。状況確認を問いつつも、朔平門へ向かおうとしている。

「わかりません。……朔平門より入る者たちが、突如気を失い、次々と倒れたと。どうも物詣《ものもう》でから戻った者たちのようですが、その数多く、人手が足らず」

物詣での言葉に、梓子と典侍が視線を合わせる。

物詣では、心願成就のために寺社に参詣《さんけい》することである。多くの場合、京を離れて、寺を訪ねて戻ってくる。京の外からなにかよくない病を持ち帰ることも時にはある。

「急ぎ倒れた者をひとところに運ばねばなりません、すぐに人を集めましょう。藤袴殿、

「兼明殿、お力添えいただけますか？」

典侍が腰を上げる。梓子もそれに倣って腰を上げた。

「もちろんです」

念の為、懐に使用中の草紙と筆を押し込んでから、梓子は典侍の曹司を出た。


その騒動は、正確には朔平門に入る手前、内裏の外側で起きていた。

倒れなかった人々と駆けつけた人々とで、とりあえず気を失っている者たちを殿舎に運ぼうと、朔平門から玄輝門《げんきもん》の間にたくさんの人が集まってきている。

ただ、人が多いだけで統制が取れていないようだ。近い殿舎から駆けつけたものの、ほかの殿舎の者とどう協力すればよいのか戸惑っていると見える。

その人が多いだけで動きの鈍い一団に、典侍がまっすぐに歩み寄り声を張った。

「状況は、いかに？」

典侍が現れたことで、あからさまに安堵の表情を浮かべた女房たちが、嬉々《きき》として典侍に状況を説明し、指示を仰ぐ。それに応《こた》えて、典侍が人々の動きに方向性を与える。さすが上達部《かんだちめ》をも操ると言われる人は違う。ただ人が集まっているだけだった場に、人の流れが生まれた。

「藤袴、貴女《あなた》もこちらへ。私たちと動くわよ」

梅壺からは桔梗と紫苑に加え、梅壺最年少女房である撫子《なでしこ》が出てきていた。撫子は、小柄な身体のどこから出てくるのかわからないとんでもない怪力の持ち主で、同時に女房装束でも素早く動ける身軽さも持ち合わせている。見た目だけだとそうは見えないが、左の女御の護衛として宮仕えしている。その身体能力をいかんなく発揮し、倒れている人に駆け寄ると、一人で抱えて運びだす。

「さすが、撫子さんです。では、我々も参りましょう」

桔梗、紫苑と頷《うなず》き合い、梓子も倒れている人々のほうへと向かった。

倒れているのは、女房ばかりではなかった。冠を付けた殿方もいた。烏帽子《えぼし》でなく垂《すい》纓冠《えいのかんむり》ということは、参内してきた文官ということか。

もしや、彼らは、この場に駆けつけた後で倒れたのだろうか。そうなると、物詣でに行った者たちが、病を得て戻ってきたという話ではなくなる。

梓子は確かめるために、倒れている殿方に駆け寄った。

「失礼します。声は聞こえていますか？　目を開けられますか？」

倒れている殿方一人を抱き起こすのは、なかなかキツイ。

「藤袴殿。お手伝いいたします」

紫苑が抱き起こす手伝いに駆け寄ってきたが、足を止めて、殿方の顔を凝視する。

「まあ、重惟《しげただ》様？」

日頃、声の小さな紫苑には珍しく、驚きの声を上げた。

紫苑の声に反応して、少し離れた場所で指示出しをしていた兼明が振り返る。

「重惟……左中弁様か？　ご無事なのか？」

言いながら彼は梓子たちのいるほうへ向かってくる。梓子はと言えば、その『左中弁』という役職に聞き覚えがあって、考える。もしや、つい先ほど、兼明の持ち込んだ縁談話の相手ではないだろうか。

思い当たって顔を上げると、梓子たちのいるほうへ駆け寄ってくる兼明の身体が、目の前でそのまま横に倒れた。

「……兼明殿！」

兼明は、例によって例のごとく突然気絶していた。ということは、怪異だ。モノか妖《あやかし》か、あるいはすでに名も形もある物の怪《もののけ》か。いずれにしても、後宮に入れてはならない。

「殿舎に運んではいけません！　どこか、門の外で一か所に！」

梓子は急ぎ周囲に叫んだ。いまや『この人の居るところに怪異あり』と噂される梓子の言うことである、典侍ではなくとも人を動かす力を持っていたようだ。人々は大慌てで倒れた者を抱えたまま、後宮へ入る玄輝門からも後退《あとずさ》った。

けっして良い噂ではないが、こういう時には役立つこともあるのだ。梓子は己の言の威力に、若干複雑な思いを抱えつつも、とりあえず納得することにした。

■二■

朔平門前での騒ぎがあった日の宵の刻。いつものように少将が梅壺を訪ねてきた。

「聞いたよ。大変なことがあったようだね」

少将は、この日、右近衛府《うこんえふ》に居て、騒ぎに関する報告だけ聞いたそうだ。右近衛府は、内裏から距離があり、今回はより内裏に近い左近衛府が中心となって動いたので、お声が掛からなかったのだという。

「なんでも『あやしの君』が、鬼を看破して、追い払ったんだってね。お疲れ様」

梓子にそんなことができるわけないことは、少将も承知しているので、広げた蝙蝠《かわほり》の裏で笑いながらの労《ねぎら》いだった。

「また噂になっているんですか。……だいたい、あの場のどなたに鬼が祓《はら》われるのが見えたというのでしょうか」

そもそも祓われていく鬼が鬼として視えていたのなら、梓子よりも優秀な目を持っていることになる。ぜひとも『あやしの君』の呼び名を譲らせていただきたいものだ。

「でも、あの場に何かが居たことは確実なんでしょう?」

少し声を潜めて、少将が問う。

「ええ。兼明殿の倒れ方からいって、間違いないでしょう」

梓子も声を潜めた。兼明のあの体質は、都合よく使われる可能性も高いので、あまり多くの人に知られたくはない。怪異の判定のために一人で怪しい場所に行かされたとしても、倒れた彼がそのまま放置される可能性は高いからだ。

「多田殿の怪異判定は優秀だな。……多田殿が、その場で倒れたということは、人々を昏倒《こんとう》させたモノは、その場の誰かに憑《つ》いていたということになるのかな？」

状況を思い出しながら、梓子は小首を傾げる。

「わかりません。あの場には、多くの者が出てきておりました。倒れている者、運ぼうとする者、状況に慌てふためいている者。その中に人の姿をした物の怪が交じっていても、わたしでは見分けることができませんから」

本当に、鬼が鬼として視える目であれば良かったのだが、視えてもそれとわからない目では、あまりに半端だ。

「では、現状でわかっているのは、あの場には多田殿が倒れるような何かがいたということだけだね」

少将は御簾《みす》に寄ると、広げた蝙蝠の裏から問いかける。梓子も御簾の際に膝行《しっこう》した。

「これは噂を拾ってきたわけではなく、近衛府の者として仕入れた話になるのだけれど。……その何かは、京の外から来た可能性が高いね」

御簾一枚を挟んで少将がささやき声で言う。近衛府に来た報告で知った話ということだろう。仕事で知った話を、一介の女房に漏らすというのは良くないことではある。梓子も密《ひそ》やかな声で返した。

「……と、申しますと？」

「朔平門から入ってきたあの一団が物詣《ものもう》でに行って帰ってきた女房たちだという点については、すでに聞いているね。聞いてきた話だと、それぞれにちょっとずつ行っていた寺社が異なるそうだ」

石山寺《いしやまでら》や長谷寺《はせでら》など物詣でで人気のある寺社というのがいくつかあり、どこか一つの寺社のみで受け付けているというわけではない。倒れた人々の行ってきた寺社が異なるとしたら、どこでモノを憑けてきたのかが、わからないわけだ。

「宮仕えの女房たちは、行事の合間、季節・天候、寺に行く日の吉凶を見た上で、物詣でへ向かう上に、出仕の日も吉日を選ぶから、内裏に戻るのも皆いっせいに……と、なりがちだ。おそらく、今日は誰にとっても日が良かったんだろうね」

「この結果で、日が良かったと言えるのでしょうか？」

梓子の疑問に少将が苦笑いを浮かべる。

「そこは私が判断するところではないよ。陰陽寮《おんみょうりょう》にでも聞いてほしいな」

尋ねるまでもなく、おそらくすでに陰陽寮のほうでも今回の件を調べてはいるだろう。そこで陰陽師、あるいは仏僧で祓う範疇《はんちゅう》になければこちらに話が来るわけで、相も変わらず梓子たちは、勅が出るまで待機が基本だ。

「とはいえ、陰陽師を責めるわけにもいかないね。人が集中してしまったのは、ある意味しょうがないことだ。賀茂祭の前は時期もいいから、まとまって物詣でに行く女房も多いからね。賀茂祭といえば、『葵』の祭だ。出逢《であ》いを期待している者も多い。……今回倒れた者たちも、若い女房が多かったという話だ」

賀茂祭は、賀茂神社の祭事で、四月の酉《とり》の日に行なわれる。通称、葵祭。祭を望んだ神が、祭に際して葵と桂《かつら》を飾るように告げたことに由来するという。

なお、葵は『あふひ』と綴《つづ》られるため、『逢う日』との掛詞《かけことば》となって出逢いの日を連想する人が多く、出逢いの期待が高まる祭事として知られている。

宮中からの使いが神社に向かう華やかな行列は、大路の両側が見物の車で埋まるほどのにぎわいを見せる。その行列見物の裏で、女車は声が掛かるのを待って、気合の入った出衣《いだしぎぬ》を見せていたりする。

この年に一度の『逢う日』に期待して、祭前に霊験あらたかな寺社に物詣でに行き、良き縁を結んでくださることを願うのだ。

「あの場に居た方々全体でなく、倒れた方々の物詣で先も違っていたのかが知りたいところですね。……あれ？　左中弁様も物詣でからお戻りだったのでしょうか？」

梓子は、あの場に倒れていた殿方の一人を思い出す。

「……左中弁様？　左中弁様もその場に居て、しかも、倒れていたのかい？」

左中弁があの場に倒れていた件は、少将の耳には入っていないようだ。梓子は、あの場であったことの詳細を少将に説明した。

「……もし、その左中弁様が、ほかの女房たちと同じように倒れたのだとしたら、話は変わってくるね。弁官は日頃から激務で知られている。特に賀茂祭前なんて忙しい時期に、物詣でには行っていないだろう。都の外で憑いたモノのせいではなくなる可能性がある。倒れたのは、

「うん、この件は私が預かろう。そのあたりのことを確認しておくよ」

ありがたい。梅壺に仕える女房では動ける範囲に限界がある。殿方でなければ話を聞けない場所というのは多い。

「ありがとうございます、少将様」

梓子が御簾の向こうに微笑んだところで、か細い声が、梓子の背後から掛けられた。

「あの……藤袴殿。少将様がおいでの時に大変申し訳ございませんが、少しお時間よろしいでしょうか？」

振り向けば、紫苑が几帳《きちょう》の端から顔を覗《のぞ》かせている。

「すみません、左中弁様がいらしておりまして。藤袴殿にご挨拶《あいさつ》を、と……」

左中弁。ちょうど話題にしていただけに、梓子と少将は御簾越しに顔を見合わせた。

「……左中弁様が？　どうかなさいましたか？」

梓子は紫苑が不審に思わないよう、なるべくやんわりと確認した。

左中弁は、例の兼明の大学寮時代の友人で、三年半前に北の方を亡くされた殿方だ。

しかも、その北の方というのは紫苑の姉であったと騒動から梅壺に戻る時に、紫苑から

聞いた。その上、兼明の計画としては、この亡き北の方を一途《いちず》に思う殿方の後妻に梓子を……と考えているらしい。

なんだろう、こう並べると、まともに話したことがないのに、相手のことをずいぶん知ってしまっている気がする。

今回の件で、助け起こしはしたが、あの場で左中弁に名乗ったわけではない。場に居た多くの女房のうちの一人でしかない。とてもではないが『挨拶』をいただくような仲ではないはずだ。それなのに、文を送ってくるなどの前置きもなしに、梓子を指名して直接対話を望むとは、なかなかないことだ。

「左中弁様が、小侍従に挨拶がしたい、と？」

少将が確認すると、紫苑が消え入りそうな声で返す。

「朔平門の件で、お礼ということのようです……。その、多田殿もご一緒です」

兼明が一緒にいるということは、彼が左中弁に、梓子が助け起こしたことを話したのだろう。『仲介人』を自称しているだけあって、直接梓子を訪ねるにしても、兼明が付き添っていることで、男女の仲の正しい手順の体裁をとっている。兼明は、普段の言動こそ宮中の常識を丸ごと無視しているように思えるが、こういう場面ではごく自然に常識的な振舞いをしてくる不思議な人だ。

だが、少将が訪ねてきているときに、ほかの殿方と話をするためにこの場を離れるというのも、いかがなものか……。逡巡《しゅんじゅん》する梓子に、御簾の向こうから声が掛かる。

「そうか。……それなら、私が居ないほうがいいね。左の女御様に、ご挨拶と今回の件でわかったことの報告をしてくるよ。つまり、すぐ近くにいる。……なにかあったら、すぐに私を呼ぶように。いいね、小侍従？」

少将は御簾の前で立ち上がった。どうするか決めかねていた梓子を気遣って、少将の側から提案してくれたのだ。美貌《びぼう》・家柄・才覚だけでなく、こういうところが宮中女性に人気がある理由だと梓子は思う。

「お気遣いいただきありがとうございます！」

さすがは少将様。大きく頷《うなず》いて返事をした梓子の、その横から、紫苑がおずおずと御簾のほうへ歩み寄る。

「あの……、大変すみません……右近少将様」

なぜか、紫苑が謝っている。梓子が首を傾げていると、御簾の向こうの少将が『いや、紫苑殿は悪くないから』と、なにやらごにょごにょと言ってから、ため息とともに改めて梓子を送り出す言葉を口にした。

「左中弁様と話すなら、もしかすると、物詣でのことで、なにか話を聞けるかもしれない。いっておいで、小侍従……」

少将は閉じた蝙蝠《かわほり》を軽く振って、左の女御がいる母屋《もや》へと向かう。梓子は、御簾越しにその背を見送ってから、紫苑に続いて彼女の局《つぼね》へと向かった。

紫苑の局は綺麗《きれい》に片付いていて、薫物《たきもの》の匂いがほのかに漂っていた。常に墨臭く、貴重品であるはずの紙が、無造作に重ねて置かれている梓子の局とは大違いである。

そんな紫苑の局の御簾《みす》前に殿方が二人、座していた。

「藤袴殿、先ほどはありがとうございました」

梓子が入ってきたのに気づくと、左中弁が謝辞を口にした。

「いえ。左中弁様にこちらまでいらしていただくとは、恐れ多いこと。その後、お身体の加減はいかがですか？　どこかに不調などございませんか？」

左中弁は、問題ありませんと答えた後、斜め後ろに控えている兼明を振り返る。

「兼明殿から常々お話は伺っておりました。普段は勇猛果敢な武士である彼も、貴女の話となると、過保護な兄に早変わりするのです。我が友の妹御に助けていただけるとは、これこそ御仏《みほとけ》のお導きですね」

いったいどんな話をしているのか大いに不安になるお言葉だ。兼明が必要以上に後ろに下がっているのは、梓子の追及を逃れるためなのかもしれない。

「重惟様、藤袴殿は……」

紫苑が訂正しようとするのを、梓子は御簾の内側でやんわりと止めた。

梓子の父親が、元内大臣、現准大臣であることは、帝《みかど》によって表に出ないように処理された。兼明もそのあたりハッキリとは言っていないのだろうから、普段の発言から兄妹《きょうだい》と思われているのだろう。多田の家の者と思われているなら、それでいい。

「……時に、左中弁様。最近、物詣《ものもう》でに行かれましたか？」

物詣では男女を問わず行く。左中弁があの場に居たのは、彼もまた物詣でから戻ってきたからだったのか確定させたいと梓子は考えていた。そうであるならば、彼がどこの寺社に行ったかは、とても重要だ。

「物詣でですか？　どうして、そのようなことを？」

返す声が硬い。警戒されてしまったようだ。それも致し方ない。この左中弁は、右の女御に近い人物である。梓子は、できるだけ慎重に言葉を選ぶことにした。

物詣でで願うのは、良縁ばかりではない。男性で一番多いのは、任官関連だろう。任地の善し悪しは、その後の出世に大きく影響する。実入りの良い地に赴任すれば、懐に入ってくるものも多く、都の上の方々に贈り物をする余裕もできる。名前を覚えてもらえれば、さらに良い任地を得られるかもしれないし、うまくいけば都での任官という話も出てくる。中文《もうしぶみ》（任官希望文書）で希望を出しても、それが通るかどうかは、人事権を握る上のほうの方々に覚えめでたいかで決まるものだからだ。

だから、左中弁に物詣でをしたかを問うことは、右の女御側の陣営での任官に不満があるかを聞き出すようなものだ。

「主上の勅により、今回の朔平門の件を調べることになりそうなのです。お倒れになった方々のお話を伺った際に、物詣でよりお帰りになったという方が多く、この点が共通しているか否か、左中弁様にも確認したいと思っただけです」

まだ勅が下ったわけではないので、可能性という言い方に止《と》めたが、左中弁の耳には、帝の勅という言葉が強く刺さったようだ。

「主上の勅を受けられて？　……それは、お答えせねばなりませんね。私自身は物詣でに行っておりません。ある御方より、あの一団の中のお一人へ直廬《ちょくろ》にくるよう伝言を頼まれておりました。それで朔平門まで出向いたのです。私が倒れたのは、その伝言を渡す相手が倒れたのを、とっさに支えようとして、失敗したからなんです」

左中弁は、伝言を頼まれただけで物詣でとは無関係のようだ。そうなると、左中弁本人ではなく、伝言の相手が物詣でで憑けて来たモノの影響を受けたのだろうか。

「どなたに伝言を？」

倒れた本人に話が聞けるかもしれないと尋ねたが、左中弁は首を振る。

「それは、さすがに……。伝言を受け取った者は、こちら側の女房ではありません。必然的に、私に伝言を頼んだ方も……。主上の勅というお話であっても、そこは私一人の判断で明かしていいとは思えません。ご勘弁いただけますでしょうか」

ここで『どちら側』という壁が立ちはだかるとは。梓子は、すぐに謝罪した。

「大変失礼いたしました。浅慮をお許しください」

直廬は、皇族や大臣、大納言などが宮中に与えられる個室で、休息や宿泊、私的な会合などに使われる。直廬に呼んだという時点で、呼び出したほうは高位の御方ということになる。呼び出された女房も、直廬の主《あるじ》の妻か娘、あるいはその側近である可能性が高い。

ここは宮中で、しかも政治の色が隠さず現れる後宮だ。一介の女房さえも自邸においては仕えられる側である貴族の娘。貴族であれば、必ず帝をはじめとする皇族や、上達部《かんだちめ》の誰かとつながりがある。誰もが家を背負い、どこに属しているかを意識して言葉を選んで発言する。殿方だけでなく、宮仕えの女房一人一人に対しても、その政治的後ろ盾の存在を頭に入れた上で話を聞かねばならない。それが、宮中の礼儀というものだ。

「いえ、わかっていただければそれで十分です。仕える『側』は違えども、あなたへの謝意に偽りはありません。藤袴殿、紫苑殿。あの場でお助け下さって本当にありがとうございます。あのように人の多い場で昏倒《こんとう》し、もし万が一にも冠がとれていたら……」

つい先日の『きざはし』の騒ぎは、宮中の殿方の誰をも震え上がらせる出来事だったようだ。

「昏倒されたこと以外、なにごともなくて良かったです」

梓子は、しみじみとそう返した。

■三■

朔平門の騒動の翌日。梓子の局を兼明が一人で訪ねてきた。

「梓子。左中弁様に文を書いてみてはどうだ？」

昨日挨拶《あいさつ》という形で引き合わせたので、自称『仲介人』としては、次は文を交わす仲に進展することを狙っているらしい。

「いやー、しかし、俺が何かする前に、あのような騒動で初めて会うことになるなんて、思いもよらなかった。これも御仏のお導きによるご縁かね」

兼明は、左中弁が口にした『御仏のお導き』という言葉が気に入ったようだ。

「御仏とのご縁なら少将様もお強いですよ。なにせ、一度は仏門に入った方ですから」

妙な対抗心が格子の中に湧き出て、ついそんなことを言ってしまう。

「あえなく俗世に戻されたけれどね」

割って入ってきた声の主は、少将本人だった。兼明のように格子の正面に座ることなく、いつもどおり柱の近くに腰を下ろす。

「やあ、多田殿。こんなところでお会いするとは。今日は、小侍従に何用だい？」

少将は蝙蝠を広げると、目から上だけ覗《のぞ》かせて、兼明を窺《うかが》った。

「そういう少将様こそ、なぜここに？　左の女御様への取次ぎでしたら、ほかの女房殿にお願いしていただけますかね」

兼明は少将を追い払おうとしているようだ。

「私は、最初から小侍従の局を訪ねてきているんだ。ここが私の定位置だよ」

少将が、それを証明するように、いつもどおり柱にもたれる。

「小侍従。昨日の件は、どうだった？」

「左中弁様の件ですね。ご本人が物詣でに行かれたわけではありませんでした。倒れた方を支えようとして失敗したそうです」

梓子もいつもどおりに問われたことに答えていた。瞬間、兼明のことを忘れていた。

「あ……、兼明殿。昨日の騒動の件で少将様とお話があるのですが、同じくあの場にいらした兼明殿からも何かあれば」

話を振ると、兼明は不機嫌そうに少将のほうを横目に見ながら、梓子に尋ねた。

「まず、聞いておきたいんだが。あの場に居たのが物詣でから戻ってきた者たちだというのは、内侍所に駆け込んできた女房殿が言っていたから俺も知っている。だが、そのことと昨日の騒動になにか関わりがあるのか？　物詣でのこと、昨日、左中弁様にも聞いていたよな？」

兼明は、自身が倒れた以上、あの場に怪異が存在していたことは理解しているが、それが物詣でと、どう関わるのかが気になっているようだ。

「関わりがあるか否かはまだ分からない。あるかないかを確認するために宮中の話を集めている段階だよ」

少将の回答は正しいのだが、兼明の満足には程遠いようだ。

「確信もないのに尋ねて回るとか、物詣でに行った者たちが悪いみたいで、あんまりじゃないですか？」

兼明の荒い言葉にも、少将はゆっくりと静かに諭す。

「主上は、すでにその方向で陰陽寮《おんみようりよう》に調べさせているよ。関わりがあるかないかを検討するのは、今後小侍従に話が回ってきたときのためかな。和歌を選ぶにも名付けるにも、対象のモノのことをわかっていなければならないからね」

やわらかな口調、気だるそうな表情、蝙蝠《かわほり》を閉じるゆるやかな動き。そのどれもが、少将を過剰なまでの色気を漂わせている人に見せている。艶《つや》めいた噂が絶えないのも納得がいくようなお姿だ。

ただ、実際は、その身にまとわり憑《つ》いている黒い靄《もや》のようなモノが、少将を万年寝不足状態に追い込んでいるから、常に気だるげなだけである。けっして、夜歩きしすぎなわけではない。

梓子はそれを知っているので、少将が漂わせる色気のようなものに当てられて、色めき立つようなこともないが、兼明は身を引いて皮肉を言った。

「これが御仏《みほとけ》にご縁のある方とは。世も末だな。これぞ、末法ってことかね……」

先ほどの件を持ち出して言う兼明を咎《とが》めようと、梓子が御簾の際によると、柱にもたれたままの少将が呟《つぶや》いた。

「末法か。かつて、同じようなことを言っていた人がいたよ」

「また、どこかの……三条《さんじよう》だの五条《ごじよう》だのの女の話ですか？」

その手の噂は聞き飽きているとでも言いたいのか、兼明が盛大にため息をつく。

「……母だよ。亡くなる直前に、そう口にしていた。それを、いま思い出した」

兼明が押し黙った。吐き出し途中だったため息も止まり、ただ口を開けたまま少将を見ている。

「母が口にしたのは、兼明殿と同じ嘆きだったのか、あるいは母を憐《あわ》れんだ御仏のお迎えが見えたのか。今となっては、どんな意味が込められていたのかを知る術《すべ》はないね」

少将の母上の話を聞いたのは初めてだった。少将は両親に関してほとんど口にしたことがなかったからだ。もっとも、梓子も両親の話はほぼしてこなかった。准大臣が父親だったと知ったのは、つい先日のことだ、語るも何もない。そして、今後も准大臣を父として誰かに何かを話すこともしないだろう。一方、母に関しては、幼い頃に亡くなったので、誰かに話せるほど覚えていないだけだ。なお、兼明は梓子の母のことをよく覚えているようなことを言うが、乳母《めのと》から聞く母の話と合わない部分もあるので、おそらく美化されているのではないかと思っている。

梓子が自身の育ってきた思い出話を誰かにするのなら、それは乳母の大江の話になるだろう。

「……わたしの母は、亡くなる直前に、なんの言葉も残してくれませんでした」

兼明には、梓子を託すようなことを言ったらしいが、梓子には解釈に悩むような言葉さえも言い残してはくれなかった。

「いまとなっては、お聞きしたいことが山のようにあるんですけどね」

「梓子……」

兼明の声が辛《つら》そうだった。そんな声を出させるつもりなんてなかった。言葉選びに失敗したと慌てる梓子を、少将がやわらかな声で宥《なだ》める。

「小侍従。君の御母上が君に残した言の葉は、草紙の中にたくさんあるよ」

少将が御簾《みす》の下から入れた手で、梓子の手を包んだ。

「……そうですね」

梓子は傍らに置いていた草紙を見やる。『こうげつ』を探して、受け継がれてきた草紙に目を通した。母よりも前の代で使われていたと思われる古い草紙には、それらしい記述はなかった。そのため、典侍の曹司《ぞうし》に持ち込まれた大量の草紙は、兼明に頼んで、再び多田の屋敷に戻してもらった。これで『こうげつ』に関する記述が、母の代で使用した草紙にあるだろうという絞り込みはできた。そこで、左の女御に許可をいただき、母の代の草紙数冊を自分の局《つぼね》に持ち帰ってきた。

まず、母の代の草紙を見ていて梓子が驚いたのは、母がモノを縛る言の葉の鎖に、自作の和歌も使っていたことだった。その自作の歌の中には、親子の関係について詠んだ和歌もあった。それらの歌を通じて、梓子は母の想いや考え方に触れた。そういう意味では、少将の言うとおり、これらは自分に遺《のこ》された言の葉だ。

「では、気を取り直して本題に戻りましょう。物詣《ものもう》でと今回の皆さんがお倒れになった件のつながりですが、なぜお倒れになったのでしょう。集団で気を失ったことは、『きざはし』でいうと幻の階段にあたる事象で、怪異全体の一部でしかないのでは……と考えているのですがいかがでしょう？」

　御簾の向こうで、少将が再び柱にもたれる。

「一部同意かな。……モノが起こした事象にしては半端な印象だ。たしかに、あの場で多くの人が倒れた。でも、それが何なんだ？　って思うんだよね」

「そうですね。『きざはし』のときにもあった、事象の結果の話ですよね」

「多くの女房が倒れたことは後宮として、痛手と言えば痛手にはなっているけどね。倒れた女房たちは事の真相がはっきりするまで物忌みを言いつけられて、里下がりしている。おかげで後宮の一部の殿舎では深刻な人手不足が起きているから」

　その話は梓子も今朝、梅壺の女房たちの統括役である萩野から聞いていた。梅壺は、今回の騒動での出仕停止者を出していないので、人を借りられないかと、ほかの殿舎から打診があったそうだ。

「後宮から人を減らすことが怪異の目的だとしたら、回りくどいですね。あの場所で起こす理由も見えてきませんし」

　人減らしに物詣で帰りの女房を狙う意味がわからない。

「倒れた女房たちが特定の殿舎に偏っていないか調べたほうがいいね。偏りがあるようなら、特定の殿舎を狙って仕掛けられた可能性もある。まるで『ものの え』のような話だけれど」

　少将が言うように、狙って仕掛けたのだとしても、疑問は残る。

「どこかの殿舎で人が減ったとして、それでなにがどうなりますかね？」

梓子は、少将と二人で小さく唸《うな》る。

ここで、それまで黙っていた兼明が、遠慮がちに会話に入ってきた。

「あ、あの……右近少将様。藤袴殿とお二人の時にこういう話の流れになるのって、いつものことなんですか？」

会話に入ったというより、少将に聞きたいことがあったらしい。

「……ああ、そうだよ。君の乳母子は、とても仕事熱心なんでね」

少将がそう答えるから、梓子は嬉《うれ》しくなって微笑んだ。ところが、兼明は、先ほど途中で止めたため息を今度こそ吐ききったのではないかという長い息を吐いた。

「……なんか、すみません。うちの姫が」

なにを思ったのか、兼明が少将に平伏した。少将は少将で、苦笑でそれを受け入れている。

「お二人のその話の流れこそ何なんですか？」

なんとなく二人だけで通じている会話に、疎外されているような感じがして梓子が問いかけると、蝙蝠で口元を隠した少将が目を笑みに細めた。

「小侍従は小侍従だねっていう確認の話だよ」

どういう意味かさっぱり分からず、兼明のほうを見たが、彼はただ少将の言葉に同意を示すばかりだった。

人手不足というのは、実害があるのだとわかったのは、翌日の訪問者からの依頼によってだった。

訪問者にして依頼者の左中弁は、今回は梓子の局の前に来て頭を下げた。

「藤袴殿。物詣でから戻った者たちが憂いなく過ごせるよう、どうかお力をお借りしたい」

左中弁の話によると、倒れた者たちが里下がりしてそれで終わりという話にはならなかったそうだ。

「物詣でから戻った者で倒れなかった者もいたわけですが、彼女たちも倒れなかっただけで憑いているはずだと里下がりに追い込まれる者が出ております。果ては、倒れなかった者の中に今回の騒動を起こした者がいるのではという噂まで流されている状態で」

柏からは、今の噂話について聞かされていない。柏でも話を拾えない場所で流布している噂なのだろう。左中弁のいる側、具体的には右の女御様のお近くで起きているのではないだろうか。

梅壺はほかの殿舎に比べて、仕えている女房が少ない。そのため全員が賀茂祭の準備に動いており、誰もが忙しく、物詣でに出る者はいなかった。そのことも、梅壺まで噂が届かない原因かもしれない。

「先日の幻の階段騒ぎの際には、とある御方に責められた女官を救われたとか。……どうか、物詣でから戻った者たちも救っていただけないだろうか」

期待が大きすぎる。『きざはし』の件で讃岐を『とある殿上人』の責めから解放できたのは、梓子が讃岐を元同僚として知っていて、彼女が火燭《かしょく》の仕事を怠ったとは思えなかったから確信を持って、彼女の不手際ではないことを証明できた。だが、今回の件で倒れた人たちも、倒れなかった人たちも、梓子にとってほぼ知らぬ相手だ。

「主上の勅なしに動くことはできません。ですが、倒れなかった方々まで責められている状況は良くないことだと思います。……お力になれるかわかりませんが、倒れなかった方々の件を奏上いたします」

現状の報告はできるが、そこから先の判断は帝《みかど》のお決めになることで、梓子にどうにかできる話ではない。

「ありがとうございます。賀茂祭の準備にも人を欠く状態ですので、せめて倒れなかった女房たちだけでも、普段通りに働ければ……。どうか、よろしくお願いします」

左中弁は正五位上の殿上人だ。だが、帝に近い上達部《かんだちめ》ではない。弁官の上位には、まだ人がいて、役職が持つ発言権も強くない。一介の女房である梓子のほうが、帝の寵愛《ちょうあい》を受ける左の女御の記録係として、帝との距離が近いという状態にある。

今日の訪問は、兼明が同席していない。一人で梓子の局を訪れたわけだ。一度自称仲介人が同席したから、距離を詰めてきたと思うべきか。兼明の『妹』に遠慮の必要はないという判断か。だが、文のひとつ、和歌の一首も送ってこないというのは、左中弁本人が梓子との間に男女の仲の進展を意識していないことを示しているようなものだ。左中弁を梓子の婿がねにしようとする兼明の思惑は、どうやら外れそうだ。

「この時期の、殿舎に仕える女房の多忙さは理解しておりますので、お気になさらずに」

こちらも『同じ女房職にある女性たち』のために動くことを強調する。梓子としても、左中弁との男女の仲の進展を望んではいないことを言外に含ませる。多田の家に育っても、一年近く宮仕えしてきた身だ、宮中特有の遠回しな言い方にも慣れてきた。

梓子は広げた蝙蝠《かわほり》の裏で、どう帝に奏上するか、すでに左中弁が帰った後のことを考えていた。

■ 四 ■

左中弁の訪問を受けた日の夜、帝は少将を護衛として伴って梅壺を訪れた。記録係として左の女御の傍らにいた梓子だったが、こちらから何か言う前に声を掛けられた。

「左中弁が来ていたそうだな、藤袴。なにか、不調が生じたとでも訴えてきたか？」

公務終わり、夕刻の短い訪問だったが、すでに帝の耳に届いているとは。宮中という場所は、どこに耳目があるかわからないものだ。

「ご本人は特に。……例の件で倒れなかった女房たちが良くない状況に置かれているとのお話を伺いました」

頼まれていた奏上の機会を得て、梓子は御前に平伏した。

「なるほど。藤袴にそれを奏上させるための訪問か。左中弁という男は、ずいぶんと回りくどい手を使うのだな」

この言い方から推し量るに、左中弁は帝に強い印象を与える人物ではないようだ。

「訪問されるほど焦っていらしたのでしょう。女房たちも忙しい時期ですから、倒れた者たちも早く戻れるといいのですが」

左の女御が、話を本題に戻してくれた。これに帝は少し沈黙してから、ひとつ大きく頷《うなず》くと、梓子の奏上に返答した。

「女房たちが倒れた件は、すでに陰陽寮《おんみょうりょう》で調べて原因はわかっている。だが、皆を宮中に戻すにはもう少し時間が必要だ」

陰陽寮は、すでに原因を把握できているようだ。

「倒れた原因がわかっていても時間がかかるというのは、かなり強力な物《もの》の怪《け》によるものだったのでしょうか？」

陰陽師や仏僧が術や儀式で神仏の力を借りたり、怪異の原因を祓《はら》ったりするには、基本的に対象の名前を指定する必要がある。

怪異の初期段階にあるモノや妖《あやかし》は、名がなく、姿形もあいまいな存在だ。一方で、物の怪は名を持ち、姿形もはっきりしている。現《うつ》し世《よ》に場所や条件の縛りなしに現れることができるだけの存在の強さを持っているのだ。だが、物の怪だって、そう簡単には祓われるわけにもいかないので、真名を知られないようにすることが多い。そこに真名を暴いて祓おうとする陰陽師や仏僧と暴かれまいとする物の怪との攻防が発生したりする。おそらく、その真名を暴く攻防中なのだろう。攻防が生じる時点で強い物の怪と言える。

強いから広い範囲に影響を与える物の怪だったのだろうか。

「いや。倒れた原因は……、そなたの言によるものだ」

帝の言葉は、すぐに梓子の頭の中に入ってこなかった。

「……わたしの言？」

言われている意味は分からないが、あの騒動の原因が梓子にあると言われているのだけは解かる。なにを言ってしまったのだろうか、梓子は血の気が引くのを感じた。

そんな梓子に、少将が微笑んだ。

「そうらしいよ。小侍従が『きざはし』を縛った後、内裏の守りを強化したほうがいいと言ったでしょう？　それを受けて、主上が蔵人所の陰陽師に内裏の霊的守りを強化するように命を下されたんだ」

たしかに『きざはし』の騒動の終わりに、内裏の守りの強化を奏上した。だが、それのなにが、人々が倒れる事態に繋《つな》がったのだろう。

首を傾げた梓子に、少将が、奏上の巡り巡った結果を告げる。

「それで強化した結果、物詣《ものもう》でから戻った者たちに憑《つ》いていた、これまでならば見逃されていたようなモノが、人の目には見えない霊的な守りの壁にぶつかって、その衝撃で次々に人が倒れた……というところだ」

少し理解に時間を要したが、結論的には最初に帝が言ったとおりだった。

「……それはたしかに、今回の原因は『わたしの言』ですね。なんてことを……」

梓子は倒れた人々を目の当たりにした。あれが自分の言ったことの結果だとは。自身の奏上とその結果を理解し、梓子は肩を落とした。

「そんなことはないよ、小侍従。君は悪いことをしたわけじゃない」

少将がやさしく声を掛けてくれる。そこに更なる声が加わる。

「ええ、藤袴のおかげで、内裏が守られたのですよ。物詣でに行った者たちは、危うくモノを宮中に入れてしまうところでした。その罪を犯さずに済んだのだって、あなたのおかげなのですから。今回悪いのは、主上の言い方だけです。顔をお上げなさい」

左の女御が梓子を促す。

「女御様の言うとおりだよ、小侍従。今回の件に関して、言い方の悪い主上が、すでに陰陽寮の者たちに対策を考えるように指示を出しているんだ。今回の内裏侵入を防げたことは、とても大きい。これまでの霊的な障壁では、人々が内裏の外で憑けてきた弱いモノを通してしまっていたことがわかったわけだからね。ここでの話を誰が聞いているともわからないから具体的には言えないけど、これを悪用すれば、意図して内裏にモノを侵入させることも可能だというのが、陰陽寮の者たちの見解だよ。……すでに何回かに分けて内裏にモノが入っていた可能性も考えられるから、今後は侵入防止だけでなく、すでに入ってしまったモノをどうするかも問題になってくる。そうなれば、君の技が役立つときだよ」

少将からも促されて顔を上げる。少将がいるために置かれた左の女御の前の几帳《きちょう》の傍ら、こちらは隠れもせずに座している帝が、左の女御と少将の二人から眉《まゆ》を顰《ひそ》められたことに満足そうな顔をしている。

「しまった、喜ばせただけだったか……」

帝の表情に、少将が思わず呟《つぶや》いてしまった程度の声で言ったが、帝は笑みを深めた。左の女御と少将が指摘した『帝の言い方の悪さ』は、二人のこの反応を得たいがためのものだったようだ。

今上の帝は、聖代と比べても遜色《そんしょく》なしとすでに言われるほどの賢君だが、賢さの使い方を間違っていると思う。思うがそれを口にするのも顔に出すのも、期待に応《こた》えることにしかならないので、ここは何事も聞かなかったことにするよりない。

「今回のように物詣で帰りには、モノを憑けて帰ってくるというのがよくあることなのかが気になります。うっすらとですが、そこに誰かの意図のようなものを感じるのです。柏に各殿舎で最近物詣でに行った女房たちを調べさせています。藤袴は、別件を装って、その者たちに会い、様子を見てきてくれますか？」

左の女御様も同じ方針で行くらしい。お強い方だ。ただ、おそらくそこが帝のツボを刺激して、より深い寵愛に繋がっているのだろうが。

「かしこまりました。必ずや、役立ってまいります」

梓子は、左の女御に倣い、なにごともなかった顔で、改めてその場に平伏した。


左の女御から女房たちの様子を見てくるよう命をいただいた翌日、梓子は、朝から夕刻まで、人手が足りない殿舎に出向いていた。左の女御の提案どおりに怪異とは別件の、終わっていない賀茂祭の準備を手伝いに行くという名目で、後宮中を回ってきたのだ。もちろん本命は、最近物詣でに行った女房たちの様子を見てくることだった。

名目の件は、桔梗が表に立って、各殿舎に手伝いの交渉をしてくれた。梓子は補助役として彼女に付き従って殿舎を回り、桔梗が交渉する傍らで各殿舎の女房たちの様子を見てきた。

挽回《ばんかい》するほどの名誉はないが、内裏にモノを呼び込んだなどという汚名は返上したい。それ以前に、『あやしの君』を筆頭に汚名はすでにたくさんあるので、正直、これ以上は要らない。

梓子自身は、そんな思いを胸に宮中の各殿舎を回ってきたわけだが、どこからか、やはり、梅壺の人手不足を補うために呼ばれただけの雑用女房だったらしい……と、聞こえるようにひそひそ話でささやかれるのが聞こえてきた。また新しい呼び名が増えるのはどうにもできそうにないようだ。

局《つぼね》に戻った梓子は、いつもどおり訪ねてきた少将に状況を話した。

「最近物詣でに行った方々に会ってまいりましたが、普段なら気にするほどでもない程度のモノが、なぜか皆に憑いていますね」

御簾《みす》の向こう側の少将が首を傾げる。

「気にするほどでもないって、どういうモノ?」

いかにモノ慣れしてきた少将でも、世の中には気にするほどでもないモノもいることには慣れていないようだ。

「山里や河川にいるような、人の思念から生まれたモノではないモノですね。わかりやすい例でいくと木霊《こだま》です。本来であれば、山の中の寺に物詣でに行ったら憑いてきた……となったところで、特別気にするほどでもないんです。祓う必要もなく、いつの間にか離れていくようなモノなので……」

きっと木霊のような存在には、京の空気は合わないのだろう。

「でも、今回は、左の女御様のおっしゃるように誰かの意図によるものなんだね?」

このあたりの感覚は、モノ慣れている、と言えるのかもしれない。

「はい、そう考えるのが妥当です。……気にするほどでもないモノが、気にせざるを得ないほど憑いています。これまでの感覚で行くと、十人物詣でに行けば、一人か二人憑けて帰って来ることがある程度だったんですよ。それが、今日見てきた感じでは、憑けて帰ってこなかったのが一人か二人という逆転状態です。まあ、そうは言っても思念を持たない小物なので、何かできるというわけでもないのですが」

梓子は小物を憑けている女房の名を紙に書き出す。

殿舎に仕える女房の個別名は、季節の草花から殿舎の主《あるじ》が選んで名を与える。梅壺は、萩野や桔梗、紫苑など秋の草花を中心にした個別名を左の女御からいただいている。

そのため、個別名を並べるだけで仕えている殿舎がわかるし、その偏り具合も見えてくるのだ。

「やや内裏の東側の殿舎寄りですかね。以前お聞きしたお話では、東宮妃同士の寵愛《ちょうあい》争いがあるとか。その関係で物詣でに行っている女房が多いのかもしれないですね」

梅壺の正式な記録として残すための紙に女房たちの仕えている殿舎ごとにまとめなおして名を書いていると、御簾の向こうで柱にもたれていた少将に尋ねられる。

「内裏の東側に偏りって……小物は集めても小物なの？　危険はないのかい？」

これは本日一緒に殿舎を回った桔梗にも聞かれたことだった。

「そうなんですよね。自然発生のモノを内裏に集めても、怪異として生まれた場所が違うので、なにか噂になって物の怪《もののけ》化していくというのも考えにくいんです」

桔梗の疑問に答えた内容に加え、あとで考えたことも少将には話してみる。

集めただけで何かが起こることはない。宮中にモノを招き入れた者がいるとして、その者は、いったいなにを期待してこんなことをしたのだろうか。

「集めただけでは何も起こらないんだね。じゃあ、安心……とはいかないか。いったいなんのために招き入れたんだろうね。もしかして、集めただけじゃなくて、集めたモノでなにかをするつもりだったのかな」

「集めたモノでなにかをする……。たしかに、そう考えるほうがいいかもしれないですね。集めた以上、集めること自体にも意味があるのでしょうから」

通常、怪異を起こしているモノは、その怪異の事象を繰り返し発生させることしかできない。それは、『不思議な出来事』と人々の思念が結びついて生まれるモノにとって、怪異という事象こそが存在の核になっているからだ。

だが、山里や河川などで生まれる木霊などのようなモノは、特定の怪異の噂と結びついていない。存在に事象が伴っていないのだ。

そこまで考えて、梓子は女房たちの名を書いていた筆を止めた。

「いけない……、その手がありました」

存在の核を持たないモノを集めて、怪異という核を与えればいい。

これは『もものえ』の再現だ。梓子は筆を置くと、御簾を上げた。

「少将様、大至急で集められたモノを縛らねばなりません。誰かが宮中で『呪い』を練ろうとしています！」

梓子の言葉を理解した少将は、すぐに柱から身を起こし立ち上がった。

■ 五 ■

話す内容が内容なので、少将は不敬を承知で帝《みかど》に梅壺へのお渡りをお願いした。

少将の口添えがあれば、帝が殿舎にお渡りになる……という噂そのままの状況だった。

梅壺の母屋《もや》には、帝と左の女御が高麗縁《こうらいべり》に並んで座り、その御前に少将に並んで梓子が座している。ほかの女房たち、萩野さえも人払いによって母屋の外にいる。この高位の方々に一人で囲まれた状態に緊張しつつ、梓子は今回の件について説明した。

「自然発生のモノは、人の思念から生まれたモノとは異なり、怪異の事象を伴っていません。ですが、モノとしての力はあるんです。なので、この怪異の事象を伴っていないモノそのものになにかをさせるのでなく、怪異の核となる事象を別のところから与えるんです。そうすれば……、人為的に怪異に等しい事象を起こさせることが可能です。しかも、今回のように大量のモノをひとまとめにして怪異の核を与えられるのであれば、物の怪のような名や姿形を持たずとも、発生した当初から強力な怪異の事象を発生させることが可能だと思われます」

梓子は『もものえ』のときに少将にも説明した呪いの作り方と併せて、今回のモノが呪いのために集められた可能性を示した。

「とにかく物詣《ものもう》でに行った女房を集めて、陰陽寮《おんみようりよう》の方々に祓《はら》っていただかないと」

だが、梓子の訴えは帝によって否定された。

「駄目だ。それでは、このやり方があると公に知らしめることになる。今後、同じ方法で仕掛けられる可能性につながることは許可できない」

梓子は反論を呑《の》み込んだ。相手が帝であること以上に、示された可能性を否定できないと思ったからだった。

「今回の件の真相が藤袴の考えのとおりならば、秘密裏に処理を終える必要がある。陰陽寮の者たちを呼んで大々的に祓わせるわけにはいかない。……まして、木霊のようなモノだ。個々で考えれば、到底物の怪の域に達していない、山の中でそのへんを漂っているだけの存在なのだろう？　それらは陰陽寮の者を呼んだところで、名をもって下すことのできない相手だ」

帝の言うとおりだった。呪いに至れば、それは陰陽師や仏僧の対処できる領域になるが、呪いの手前である今の状態は、名も姿形も持たないモノでしかない。モノや妖《あやかし》は、梓子の技で縛る対象だ。

「つまり……わたしに縛れと？」

呟《つぶや》く梓子に、取り囲む高位の三人の視線が集中する。

「お待ちください。……個別になんて、とてもじゃないですけど縛れません。草紙の紙が足りませんし、名前や歌をどれだけ用意すればいいのか見当もつきません。それ以前に、用意できるとも思えません」

梓子の技は、縛るために用意するものが多い。陰陽師や仏僧だって神仏の力を借りたり、物の怪を祓ったりするための儀式には相応の準備が必要だが、入念な準備をして、対象を呼び出せば済む。だが、こちらはそもそも呼び出す名前のない存在を相手にしている、モノの出待ち専門だ。遭遇したらその場で縛ることしかできない。その縛りのたびに、草紙の紙、与える名と姿形、鎖となる和歌がなければならない。しかも、それらは使い回しができない。

「小侍従。こう……、ひとまとめに、ガッと縛れないものなのかな？」

どうやら、今回は少将も帝側らしい。あの技を目の前にしたことがあるのに、ずいぶんと無茶を言う。

「言の葉の鎖の長さをお考えください。言の葉の鎖に長歌でも用意しろとおっしゃるんですか？　詠んでいるうちに逃げられてしまいますよ。モノだって縛られたくはないでしょうから……」

長歌も和歌の一種なので歌徳を得られるだろうが確証がない。形式としては、五音、七音の二句を三回以上続け、最後に七音を添える。通常の三十一文字に比べたら長い鎖になってくれそうだが、小さなモノに長すぎる鎖は、縛り漏らしが出そうな気がする。

なにより縛りから逃げられては厄介だ。モノを集めた側に縛りを悟られれば、半端な集まり具合でも無理やり呪いにして発動させてしまおうとするかもしれない。危険すぎる。

そう考えると少将の言ったとおり、今回は『ひとまとめに、ガッと』縛らなければならない。それもモノを集めている者に対策を打たれぬよう一回で、だ。

一回で縛るなら、鎖になる和歌は一首。名と姿形も一つ。草紙も一枚のみ。モノの数だけ紙を分割して縛ることはできない。

「……ひとまとめに……」

瞑目《めいもく》した瞼《まぶた》の裏、なにかが浮かぶ。それは、あらゆる方向から鎖が巻き付いて、縛りから逃げられなくなったモノの姿だった。

梓子は目を開ける。ちょうど、目を開けた先に少将がいた。

「なにか思いついた顔だね？」

少将がそういう顔をしているというのなら、いま見えた気がしているものは、思いつきと言えるかもしれない。ならば、実行の機会がたった一回しか与えられていないとしても、やるべきことなのだろう。

「さすが、少将様です。おっしゃるとおりまとめてしまえば、たしかに一つ。草紙の紙は一枚で済みます」

梓子は、思いつきに至った少将の発言を肯定し、同時に思いつきの実現のための条件を頭の中に並べる。

草紙の紙を一枚にするなら、姿形は一つ、名も一つだ。

「……そもそも木霊も木々に宿る霊をひとまとめにした呼び方のようなもの。数が多いなら、まとめて一つにしてしまえばよいわけですね」

そう考えれば、名を全体で一つにすることは可能だ。

「紙一枚に姿形と名前をひとまとめにするとして、縛るための言の葉の鎖はどうする？

そちらも一首で済むというわけにはいかないのだろう？」

梓子が話しながら考えをまとめていることに気づいてか、少将が考えるべきことを示してくれる。彼に問われると、梓子の中から答えが湧き上がってくる。

「モノの扱いを、『個を集め、全で一とする』のですから、歌もまた同じです」

あとは、その歌が詠まれる場を用意していただかなくてはならない。右側左側や、東宮妃側の違いを超えて、後宮の女房をほぼ一堂に集めるという、一大宮中行事並みの場が必要になる。それを設けられる御方となれば、帝をおいてほかにいない。さらにいうと、帝が場を設けると宣言して終わりではない。会場の用意や各所への調整も必要だ。この賀茂祭の準備で忙しい時期に、それを引き受けてくれる人を見つけなければならないのである。

「主上の覚えもめでたき右近少将様。どうかお力添えいただけますでしょうか？」

梓子は少将直伝の圧のある笑みを、少将本人に向けた。

「……もちろんだよ。君を支えるのが、私の役割だからね」

了承の返事をしてから、梓子の思いつきを聞いた少将は真っ青になった。

だが、すぐに平常の表情に切り替えると、本家本元の圧のある笑みで、帝に緊急の歌会開催を奏上した。

■　六　■

緊急開催された歌会は、帝《みかど》主催の酒宴である内宴の会場にも使われる綾綺殿《りょうきでん》で行なわれることになった。

モノを呪いにされる前に縛るために、梅壺で話し合った翌日の午後という本当に緊急での開催となり、行事開催時には衣で気合を入れている承香殿からは衣を用意する時間がなかったと嘆きの声が上がった。それに合わせるように午《うま》の刻（昼）から雨が降り始めた。

そんな雨の午後でも、歌会の場にはなかなか一堂に会することのない後宮の全殿舎の妃《きさき》と、それに仕える女房が集まった。

「朕の呼びかけに応じ、よく集まってくれた」

妃が集められたことで、帝と東宮の両方がお出ましになっている。さらに、当代の宮中でも一、二を争う優れた歌い手として知られる右近少将と、左大臣家の二郎君（次男）で、左大臣の猶子である少将にとって義理の弟である左中将《さちゅうじょう》が判者の位置づけで出席していた。

「朕は先日の騒動で心を痛めたよ。日頃、同じ内裏ですごす皆のことも、朕は守るべき妹のように思っているからね。だから、今日という日に、皆が無事に宮中に戻ってきてくれたことを嬉《うれ》しく思っているよ」

一気にモノを縛るために、例の騒動で倒れて自邸で療養していた者たちにも出仕を呼び掛けた。帝のお声掛けである。呼びかけられれば、誰も断るわけがなく、この場は妃と女房で満杯状態になっていた。

「……今回の騒動では、危うく、その妹たちを失った悲しみに暮れるただの男になるところだったよ。倒れて目覚めたのちは何事もないことは陰陽寮で確認している。戻って来てくれて、本当に良かった。……ああ、そうだ。飾らせた楝《おうち》は魔除《まよ》けだ、その効果が皆にあることを期待しよう。この会が終わったら、ぜひそれぞれの殿舎に飾ってくれ」

会場にはそこかしこに楝が置かれている。この花木は大陸でも魔除けや浄化の力があると言われている。花が咲くには、まだ少し時期が早いが、小さな蕾《つぼみ》がたくさんついているのが見てとれた。

帝に促されて、誰もが飾られた楝を見回しているところに、少将が小さく笑って、帝に申し出る。

「ふふ。……楝ですか。では、主上が悲しみに暮れるその時は、私が代わりに主上の御心を詠《うた》いましょう」

当代一の色好みが微笑めば、それが自分に向けられたものでなくても、会場中の女性が色めき立つ。

「少将が？」

帝も穏やかな笑みで返すので、これには女御とその側近の女房たちがざわつく。かつてないほど、帝の機嫌がいいと感じたのだろう。

その中にあって、このやりとりの裏を知っている左の女御だけが、「よくおやりになるものだ」とわずかに呆《あき》れた表情をしていた。そのことに帝の笑みが深くなったことは、誰も気づかないほうがいい。左の女御の記録係として女御の傍らに控えていた梓子は、そのあたりのことは記録に残すことなく、筆を止めた。

恐れ多いことだが、梓子は自分の心情も左の女御の心情に近いだろうと感じている。少将にこの流れをお願いしたのは、梓子自身だが、こうもそれらしく話を進めていくのを目の当たりにしていると、どうもむずがゆくなる。

梓子が、少将にお願いしたのは、できる限り早く帝に歌会を開催していただけるように奏上していただくことだけではなかった。

『ある歌を、その場の全員で唱和するという流れを作っていただきたいんです』

もっとも重要なのが、これだった。それゆえの帝を巻き込んだ小芝居である。

もっとも、それですべてが終わる話ではない。奏上のお願いの裏には、後宮の女性たちが一堂に会せる会場を確保すること、全参加者の予定を確認し調整すること、そのための人員を手配することも含んでいる。帝がそれを少将に命じることは目に見えているので、結局それらも少将の肩に乗るわけだ。

さすがの少将もそれらを大至急でなす自信がなかったのか顔色を青くしていたので、梓子は、力一杯に応援した。

『大丈夫です。当代一の色好みでいらっしゃる少将様のご提案となれば、誰もが喜んで流されてくれますから』

『私が言うことに、誰もが喜んで流されてくれる……ね』

梓子がお願いした時は、肩を落とし、なにやら呟《つぶや》いていらしたが、いまのところ小芝居は、むずがゆさを感じるほどに順調である。やはり、当代一の色好みの声掛けの威力は大きい。

「ええ。……かつて、妻を亡くした大伴旅人《おおとものたびと》に山上憶良《やまのうえのおくら》がその心を代わりに詠い、贈ったように」

少将がゆっくりとそれを口にするのは、その場の者にも歌を思い出させるためだ。

「ああ。万葉集《まんようしゅう》の棟の花の歌か。……筆馴《な》らしには良いかもしれないですね」

これまで黙っていた東宮だが、ここで言われている歌が思い当たって破顔する。東宮の提案に、帝が大きく頷《うなず》き、その場に集まった者たちに向けて呼びかけた。

「皆も、一つ唱和しよう。……そして、誓ってほしい。朕を、そして東宮を、この歌のように悲しませることはしないと」

帝の言葉は、ある種の咒《まじない》である。これからこの場にいる者は、一つの和歌を唱和することを通じて、自らに鎖を課すのだ。『帝と東宮を悲しませるようなことはしない』と。

とてもよく考えられた手だ。ただ唱和するだけではばらばらになるそれぞれの心を、一つの方向に向かせたのだから。それに、歌を思い出しながらの唱和は、ほとんどの者が目を閉じる。その意識の集中により、縛りの場に満ちる念は、とても強いものになるのだから。

「どうだろう？　棟の歌を忘れていた者も思い出したのではないかな。では、筆馴らしに、今度は書きながら詠むとしようか」

一度息を合わせた場は、次も周囲と呼吸を合わせて詠む雰囲気ができていた。

これで場の準備は終わった。ここからは、このお膳立《ぜんだ》てに、梓子が応《こた》えねばならない。

「いもがみし　おうちのはなは　ちりぬべし

妹（妻）が見た棟の花は散っていく

「わがなくなみだ　いまだひなくに」

私の涙は、いまだに乾くことがないというのに

その場の女性たちが帝の言う筆馴らしに文字を綴《つづ》りながら、梓子と同じ歌を口にする。それぞれは三十一文字の言の葉の鎖だが、後宮の中でも、今上帝と東宮に侍るほぼすべての女性が集う場で綴られる言の葉の鎖が、絡み合ってつながる。梓子の目には、天井を覆う巨大な網状の蓋《ふた》のように視えた。その網が、一つ一つは小さいモノを、とりこ

ぼすことなく包み込んで縛りあげる。

「その名、『すずなり』と称す！」

いつもよりは小さく、でも力強く、梓子はモノに与えた名をもって草紙に縛った。

棟は、玉のような鈴生《すずな》りの実をつけることで知られている。この鈴生りという言葉は、一つの塊を表す言葉でありながら多数を含んでいる。

だから、この名をもって、多くのモノを『ひとまとめに、ガッと』縛ったのである。

「……どうやら体調のすぐれない者がいるようだ。皆が宮中に戻ってきたばかりだというのに無理をさせてしまったね、悪かったよ。少将、彼女を局《つぼね》まで運んであげてくれ」

縛りを終えて、ぐったりとしている梓子に、帝が少将付での退出を許す。

少将が退出なんて騒ぎになるのが目に見えているので断ろうとしたが、今回の縛りはモノが多いというか、ひとまとめになったことで大きかったというかで、かつてなく精根尽き果てている状態だ。なにも言えないまま少将に回収される。

「承りました。局に送ってまいります」

少将が慣れた様子で梓子を運んでいく。ざわついたが、悲鳴は上がらなかった。

帝と東宮の御前だから……というより、棟の魔除け効果によって物の怪《もののけ》じみた『あやしの君』が体調不良に陥ったという認識に至ったからだと、後日、梓子は梅壺の女房たちに聞かされることになる。

なお、棟の魔除け効果の信頼度が上がり、皆恭しく殿舎に持ち帰ったそうな。

これは、歌会終了後の帝への事後報告時に、帝が愉《たの》しげに教えてくれたことである。

「聞いた話では、『棟で祓《はら》われる君』というのが新たな呼び名として加わったようだ」

梓子は何とも言えず報告の言葉を止めた。梓子は、むしろ棟の和歌でモノを縛った側である。おかしな話ではないか。

「……ともあれ、藤袴。今回もよくやってくれた。今回の件で、誰かが宮中にモノを入れようとしていることが明確になった。引き続き、陰陽寮《おんみょうりょう》の者たちには、内裏の守りを強めて警戒するように言ってある」

帝《みかど》が声音を低くする。長く高御座《たかみくら》についていらっしゃる方の怖さは、こういうところに出る。高位にある方々は、その地位に求められる公的な顔を持っていて、私的な顔と極端な切り替えができてしまう。

「誰が入れようとしたかもわからないが、最終的に何を狙っていたのかもわかっていない。探れるようであれば探ってくれ。ただし、優先すべきは、宮中に入り込んだモノの発見のほうだ。これまでにも今回とは別の方法で入れようとした可能性がある。賀茂祭の準備の傍ら、後宮内で回れるところにはなるべく回ってほしい。宮中に潜むモノには、これまで以上に気を付けるように」

帝のお言葉から想像するに、陰陽寮のほうで、モノの類《たぐい》が人為的に宮中に入れられていることが判明しているのだろう。モノが入りこんでいる前提で後宮内を見回れという話だ。

見分けがつく段階にとどまっていればいいのだが。

梓子は、平伏しながらそんなことを考えていた。

■　終　■

御前を退《さ》がった梓子は、早速、見回りというほど大々的にではないが、ほかの殿舎へのおつかいに出ることにした。賀茂祭の準備が進み、宮中のそこかしこに飾られた葵《あおい》の葉が目に入る。

葵は祭事に使われるもの。きっと棟と同じく、魔除《まよ》けとなってくれるだろう。それがこれだけ飾られているのだ、モノの類も逃げ出したのではないだろうか。見た限りでは、モノはいなそうだ。

梓子が廊下で立ち止まり、雨足の弱まった庭を眺めていると、声を掛けられた。

「おや、久しいね。元気そうじゃないか」

声の主は、呉竹《くれたけ》と呼ばれている老練の女房だった。

梓子が内侍所の女房時代にお世話になった女房である。宮仕えを始めたばかりの頃に、声を掛けてくれて、宮中特有の決まりごとを色々と教えてくれた。

「呉竹様。御久しゅうございます。……里下がりですか？」

呉竹の後ろには、大きな櫃《ひつ》を運ぶ幾人かの女房が付き従っていた。

「まあ、そんなところだね。いまのここには、よくないものが居るから、ちょっとお暇をいただこうかと思ってね」

　呉竹が笑った。

「よくない……もの、ですか？」

　梓子が確認すると、呉竹は蝙蝠《かわほり》を広げて口元を隠すと、笑みに細めた目だけ見せた。

「そう。……よくないモノだよ。おまえさんも気づいているんじゃないかい？」

　探るような目で見られ、梓子はちょっと身を引いた。ほんの一瞬、呉竹のまとう空気が凍りついた。だが、すぐに暑さに参ったような表情に変わる。

「都の夏は暑いから、内裏を離れるのも悪かないね。だが、秋の風情はいい。その頃には戻りたいものだが、どうなるやら……」

　呉竹も梓子が眺めていた庭に視線をやる。

「……さて、そろそろ私は失礼するとしようかね」

　しばらく庭を眺めていた呉竹だったが、それだけ言うと、高欄を跨《また》ぎもせずにすり抜けて、その向こう側、小雨の庭に音もなく降りた。

「あ……」

　驚きに声を漏らした梓子の目の前を、呉竹に続き、付き従っていた女房たちも次々に雨の庭へと水の音ひとつ立てずに降りていく。呉竹はそれを肩越しに確認すると、口の端に笑みを刻み、手にしていた蝙蝠をひと振りした。蝙蝠に視線を持っていかれたのは一瞬のことだったが、次の瞬間には、もう呉竹もその従者も消えていた。

「……って、呉竹様、常の人ではなかったの⁉」

梓子は、思わず声を上げていた。


思っていた以上に、宮中にはモノや妖《あやかし》、物の怪が入りこんでいるのかもしれない。その上で、さらに外からモノを入れようなどと考えた人は、本当にいったい何をしようとしているのだろうか。

呉竹が常の人ではなかったことを知り、梓子は頼まれた殿舎への届け物を終えた後、回り道をして梅壺に戻ることにした。帝に言われたように、できるだけ後宮内を見て回りたかった。

呉竹が口にした『よくないモノ』が気になる。慎重に周辺を確認しながら殿舎の廊下を進んでいく。

その進む先を確認するために巡らせた視線に、見知った背中が見えた。

「あれは、少将様」

少将は少し離れた廊下で足を止めていた。どこかの局の前と思えるが、掛けられた御《み》簾《す》をめくって中の様子を確認しているようだ。

「もしかして、モノのニオイを探って……」

梓子同様、少将にも帝から宮中のモノ探しの勅が下っている。その勅により、後宮の中を見て回っているのかもしれない。

そう思い声を掛けようと一歩踏み出したところで、少将が入っていく局の御簾の陰に視線が引き寄せられる。

「え……？」

少将が上げた御簾を支えて、局の奥へと招き入れる女房装束の女性の姿があった。少将は局の奥へと入っていき、その背が見えなくなる。御簾もすぐに下ろされた。

「……局に、お招きいただくほどの仲でいらっしゃるのですね」

毎日のように梓子の局を訪ねてくる少将だが、御簾を上げて局に入ってくることはしない。『つきかけ』の時に、母屋《もや》からの悲鳴に反応して、母屋へ向かう最短の抜け道として使うために局に入ったことはあるが、局に留《とど》まったことは一度もない。

『なあ、梓子。少将の色好みは、本当に噂だけか？　だったら、なんであの男はあんなモノをくっつけているんだ？』

兼明のそんな言葉が聞こえた気がした。

参話

おもかげ

■序■

賀茂祭まであと数日。この日、午《うま》の刻（昼）から降っていた雨は、『すずなり』を縛るための歌会の終わり頃から弱まり、夜に入って止んだが、雲が多く、月はない。暗がりの簀子《すのこ》を幽《かす》かに衣擦《きぬず》れの音が近づいてくる。

「やあ、小侍従。体調は、もう戻ったのかい？　こんな暗い夜でも、『こうげつ』探しをしているの？　ひと仕事終えたんだ。今夜ぐらいのんびり過ごせばいいのに」

梓子の局《つぼね》に掛けられた御簾の前で足を止めた少将が、問いかけながら腰を下ろし、いつものように柱を背に座った。

「新たな仕事を賜りました以上は、のんびり過ごすわけにはいきません。ですが、暗い夜ですので、今宵《こよい》の探しものは諦《あきら》めます。……少将様は、いつもよりおいでになるお時間が遅くていらっしゃいますね。足元が暗くて、見慣れぬ妙な階段を降りかけでもしましたか？」

実際は、少将が女性のいる局に入っていくのを見たことが思い出されて、草紙をめくる手がずっと止まっていたのだが、梓子は、御簾越しではっきりと見えないのをいいことに、広げた草紙や紙束を載せた文机《ふづくえ》ごと、横に押しやった。

「はは。『きざはし』があれば、使いたかったね。あれを通れば、梅壺にもすぐ行けるのに。……賀茂祭が近いせいか、臨時の歌会以外にも色々と仕事が立て込んでいてね。なかなかいつもどおりとはいかないようだ」

「仕事で、色々とお寄りになったのですか？」

少し御簾の際に寄り、静かに問いかけて御簾越しに表情を窺《うかが》う。

「いや、誰かに会いに行ったというわけでもないかな。とにかく忙しくてね」

「そうですか……」

これ以上、この話を続ける勇気が梓子にはなかった。話を終わらせる気配に、少将のほうから最初の話の続きを所望する。

「今夜はともかく、『こうげつ』探しは、結局のところ進んでいるのかい？」

梓子は視線だけ、横に追いやった文机に向けた。

「正直、あまり進んでおりません。わたしのほうも賀茂祭の支度で忙しいですし、『きざはし』『すずなり』と怪異も続いておりましたところに後宮内を見て回るという、新たな仕事を賜りましたから。それに……母の残した草紙にその名がある前提で探しておりますが、草紙に名があるかどうかは怪しいところです」

縛るモノに対する名づけの仕方と同じだから過去に縛ったモノだと思い探しているが、確証はない。

「それに、もし、本当に草紙に縛られた『こうげつ』なる名を持つモノを母が連れていたというなら、一度草紙に縛ったモノを解き放ったことになります。……その場合、姿形と名前を与えて縛った存在ですから、『物の怪《もののけ》』を解き放ったということになるわけです。信じがたいです」

モノをモノのまま解き放ったという話にはならない。これは、物の怪を世に放ったという話になるわけで、この縛りの技を使う側としてあまりにも本末転倒だ。

「そうだね。君が受け継いだ技は、噂が変化したモノや妖《あやかし》を、物の怪にしないためのものだ。なのに、物の怪にしたモノを草紙の縛りから解いて、連れていたとは思えないね」

縛りの技を理解している少将は、深く同意を示してくれた。二人でモノを縛ってきた、その行為の目的を正しくわかってくれていることが嬉《うれ》しくなる。

「そもそも縛ったモノではない、別の存在という可能性は？　ほら、陰陽師《おんみょうじ》が使役しているという式のような。あるいは、そもそも君の御母上の従者である人とか？」

「……人ならざるモノを従える技が継承されなかった可能性は、たしかにあります。ですが、後者の人という可能性はないと思います。『つきかけ』の話でも兼明殿の話でも『こうげつ』は怖いや強いで表現され、どちらの場合も常の人にそう感じる気質《きしつ》ではないと思われるので、そうではないと思わざるを得なくて……」

物の怪になりかけていた髑髏《どくろ》と根っから武士の家の者である兼明が言うのだ。『こうげつ』は、実際に怖くて強いはずだ。そんな強力な物の怪を、どうして……。

「母上から……というか、前任者から話を聞ける技も欲しいね」

それは、だいぶ系統が違う技ではないだろうか。梓子が真面目にそう返そうとしているところに、近くから声が掛かった。

「できるかもしれませんよ、お二人ならば」

几帳《きちょう》の横から、柏が顔を覗《のぞ》かせ、微笑んでいた。

■　一　■

柏の声掛けで、梓子と少将は母屋の左の女御の御前に座した。そこで柏が仕入れたばかりの噂を女御に報告する。

「死者に会える局……ですか？」

几帳の向こう側から少将が慎重に確認する。柏は女御の御前に集まった女房たちの表情を見渡してから少将の問いに応じた。

「ええ、ええ。少将様が驚かれるのも無理はございません。噂の詳細、皆様にお話しいたします」

柏が聞いてきたのは、例によって承香殿の女房からだった。承香殿の主《あるじ》である王女御は、先々帝の末の皇女で、左大臣と右大臣を背景に持つ左の女御と右の女御の争いには関わらない方針を貫いている。そのため、政争を意識してなかなか回ってこないほかの殿舎の噂も承香殿には集まってくるのだ。

「ことは、更衣《ころもがえ》の日に始まります」

更衣は、卯月朔日《うづきさくじつ》（四月一日）に冬の装束、調度から夏の装束、調度に改める日のことである。いまは卯月の半ばなので、約半月ほど前のことだ。

「調度を夏のものに替えるため、ある殿舎の女房が普段は使っていない局に入りましたところ、誰もいないはずなのに香が鼻をかすめました。今時の調合でなく、やや古い調合のそれに、その女房は亡き母を思い出したそうです。まさかと思う彼女の前に、懐かしい後ろ姿が見えた。女房は急ぎ局の奥へと入りましたが、もうお姿はなかった……との話にございました」

梓子は、柏の話に耳を傾けながら、記録のため紙に筆を走らせていた。

「問題は、このあとのことになります。この女房の話を聞いた別の女房が、そんなことはあるまいと問題の局に行ったところ、彼女は自身の亡くした娘を目撃します。ここから話は広まり、死者に会いたいがために、密《ひそ》かに問題の局へと向かう者が幾人も」

梓子は筆を止め、顔を上げた。

「幾人もの方々が、死者に会いにいかれたのですか？」

その問いに柏が梓子の懸念を悟って同意を示す。

「いまは場が固定されているようですが、このままでは物の怪化は避けられないでしょう」

梓子と柏の懸念に、聞いていた左の女御が重い声で別の懸念を口にした。

「ですが、局に入ることを禁じたとしても、場を変えられて続く可能性は高いでしょう。誰にも、会いたくても、もうどうやったって会うことができない相手というのがいるでしょうから。……主上も御耳に届けば、きっと護衛も従者もつけずに御一人で向かわれるでしょうね。主上には、お会いになりたいと切望される御方がおられますから」

それが誰のことなのか、皆わかっている。帝《みかど》にとって故中宮は、特別な存在だと誰もが知っている。御前に重い沈黙が落ちる。

それをどうにかしようとしたのか、梅壺付の女房の中で最年少の撫子が必死に疑問を口にして、沈黙を押し退けようとする。

「いや、でも……亡くなった相手ですよ。御仏《みほとけ》の住まう安寧の国にいるんですよね？それなのに快く現世に戻っていらっしゃるのでしょうか」

撫子の疑問はもっともだ。相手は、御仏の国で穏やかな時をお過ごしのはずなのに、儀式・儀礼もなしに、会いたいと思うだけで現世に呼び出されるとは何事だろうか。

「そも、御仏の理《ことわり》に逆らう行為ではないかと……」

萩野が重く、そう口にした。梅壺の女房を統括する萩野の言葉だけに特別重く響く。

「現世にお戻りになるなんて、なにかしらの不満を訴えにいらっしゃるのでしょう？会いたくないですね、特に義母とか」

言いながら会いたくない人物の顔を思い出したのか、女郎花《おみなえし》が顔を伏せる。女郎花は、琵琶《びわ》の名手で知られ、その音楽の腕を左大臣に買われて梅壺での宮仕えに声が掛かった。同じく琵琶の名手で知られた承香殿の椿《つばき》少納言が『あかずや』の件で京を離れた現在、後宮で奏楽を得意とする女房の頂点にいる。音楽ばかりか、美人で色気があり、宮中でも恋多き女性として噂に事欠かない。梓子よりも少し年上の女房だ。恋多き女性であるがゆえに、義母に色々と言われていたのかもしれない。

「私は……会えるのでしたら、ぜひ会いたいと思う方がおります」

紫苑が本人にとっては精いっぱいの、でも、皆の耳には小さな声で主張する。終わりそうにない議論に、梓子は制止を掛けた。

「落ち着いてください、皆さん。そもそも、死穢《しえ》に等しき存在が内裏に現れていることが、すでに大問題でございます！」

全員の視線が自分に集まったところで、梓子は胸の内にあった疑問をその場の皆に投げかけてみた。

「先日もモノを内裏に入れようとする企《たくら》みがございました。その前には、モノが内裏を出入りする道と思《おぼ》しきものが仕掛けられてもいました。今回は死者を宮中に呼び出せる……これは、由々しき事態にございます。今回の件は、先の二件となにか関係があるのではないでしょうか？」

怪異に慣れてきたのか、少将がすぐに確認の問いを返してきた。

「……小侍従。君は、今回の件が『きざはし』や『すずなり』と同じ線で繋《つな》がっている怪異だと考えているのかい？」

「柏さんは話の始まりは、更衣の日だとおっしゃいました。『きざはし』も『すずなり』もそのあとに発生していますが、仕掛けられたのは、それより前であることはハッキリしています。これだけ怪異が同時発生するなんて、異常事態です。線のような前後関係のあるつながりではなく、円でつながるひと塊ではないかと思っています」

少将は蝙蝠《かわほり》を閉じると、考えを巡らせているのか柳眉《りゅうび》を寄せる。

「……そうか。だとしたら、私たちがするべきはひとつだ。主上の勅を賜りに行かなければならないね」

ごもっともだった。帝の耳には入れたくない噂だが、帝の許可なくして、梓子と少将が宮中を動き回ることは許されていないのだから。


清涼殿に出した伺候のお伺いの返信は、帝ご本人が梅壺に届けにいらした。なかなか心臓に悪いことをされたわけだが、帝ご本人は左の女御と右近少将に叱られてかなりご満悦の表情で高麗縁《こうらいべり》に腰を下ろした。

「それで、私に聞かせたくない噂だが、調べるための伺いを立てることになった……ということでいいか、藤袴よ？」

問われて、梓子は平伏した。『すずなり』の件では、少将を通じてお越しいただいていたが、今回は梅壺の新参女房である梓子が、直接に帝を呼び出したような状態になってしまったのだ。心臓に悪い上に、胃も痛む。

「宮中に死者が現れるという話だけで、十分に主上の御耳を穢《けが》す不敬な行為でございます。大変申し訳なく……」

額を床にくっつけたまま、梓子はまずそのことを謝罪した。

「いや、良い。そなたと少将に勅を与えるのは、ほかならぬ私だからな。これは正しい手順だ。……それにしても、この死穢を避ける内裏で『死者に会える局《つぼね》』とは、挑戦的で興味深い怪異ではないか。もしや、通っている者も居るのかな。……それで、藤袴は直近の怪異と関連があると考えているようだが、『すずなり』の件が片付いてわずか半日でもう次か。忙《せわ》しないことだ。それで少将は、今回の件をどう思う?」

怪異の真偽を問われたのは、梓子と同じく帝を梅壺に呼び出してしまった反省から平伏中の少将だった。

「主上の御言葉にございますとおり、内裏は『死』を忌避しております。噂をするだけでも罪にございますね。……にもかかわらず、この手の噂が流れているということは、もしかすると、別の目的のために目をそらそうとしているのかもしれませんよ」

ここで初めて、梓子の言った怪異のつながりについて、少将の意見は異なるようだと気づいた。

「……と、申しますと?」

思わず顔を上げて、少将のほうを見た。だが、ようやく顔を上げた少将は、梓子の問いに答えず、柏に尋ねた。

「柏殿。確認ですが、その問題の局は具体的にどこの殿舎にある局だということも、噂になっていますか？」

なぜそれを聞くのか。梓子はますますわからず、ただただ少将を見ていた。

「いえ、後宮のどこか……という程度ですね」

柏のその答えで、梓子はモノの状態に疑問が生じた。

「それは、死者の現れる場所が特定されていないということですか？」

モノは怪異的な事象と場所の結びつきが強固だ。事象がその場所で繰り返し再現される妖《あやかし》の段階を経て、物《もの》の怪《け》化により名前と姿形を手に入れることで、場所の縛りから解放される。これは、死霊であっても同じ流れで進行する。ただ、死霊のほうが生前の名で噂されることが多く、噂する人々もその名で呼ばれていた人の姿形で現れることを想像しやすいので、物の怪化が早くなるという特性がある。死者が現れる場所が特定の局ではないのならば、もう、すでに……。

「もし、死者の現れる場が『どこかの局』と、特定されていないのであれば、すでに物の怪にまで至っている可能性もなくはないですね」

そうなれば、梓子の技では縛れない。宮中を死者が徘徊《はいかい》することになる。

「陰陽寮の方々にも、見ていただいたほうが良いのではないでしょうか？」

「ちょっと待って、小侍従。……私は、今回の件、そこまで大事ではない気がするよ」

少将がやわらかな声で、梓子を宥《なだ》める。では、どういうことなのか。首を傾げた梓子に微笑むと、少将は改めて帝のほうを向いた。

「主上。賀茂祭を控えたこの時期です、噂を聞いた者の大半は触穢《しょくえ》を嫌って、後宮に近づくことも避けるでしょう。ですが、中には興味があると言って、後宮のその局を探す者もいるのでは？　それは、普段はその殿舎に近づく理由のない者に、理由を与えることになります。祭見物に誰かを誘うには、いい時期ですよね？」

怪異ですらない、というのが少将の考えだった。今回の噂を流すことで、後宮を歩き回る理由を得られる殿方と、誰にも知られず殿方を招き入れることができる局持ちの女房の、策謀に満ちた作りごとの怪異話だというのだ。

男女の駆け引きに疎い梓子には、まったく理解できない。まったく……。

唐突に、脳裏に女性の居る局に入っていく少将の姿が思い出された。しかも、後ろ姿しか見ていなかったはずなのに、なぜか脳裏に浮かんだ少将は、御簾《みす》を上げている女性を手伝うように手を差し伸べて微笑んでいるではないか。なんという改変。

「手……」

「小侍従？　手が、どうかしたのかい？」

必要以上に呟《つぶや》きが大きくなってしまったようだ。

「すみません。手……手が込んでいる上に、なんて危険なことを……と思いまして」

人々の噂がモノを生むのだ。その始まりが偽りの噂であっても、本当の怪異に転じてしまうかもしれないというのに。

微妙に引きつった笑みを浮かべる梓子とは異なり、帝は大いに感心して笑んだ。

「さすがは当代一の色好みと言われるだけのことはある。少将の考えはわからなくもないね。……それに、もしその話が本当ならば、賀茂祭が終われば、噂は消える。具体的な局の場所が噂に含まれているわけでもないなら、藤袴が懸念する物の怪化は避けられるだろう。まあ、どう考えても、後宮全体が物の怪になるとは思えないから大丈夫じゃないかな。『すずなり』の件で、賀茂祭の準備が遅れている殿舎も多い。その手伝いもまだあるのだろう？　あと数日の話だ。ここは、祭が終わるまで、様子見してもいいかもしれないね。どうだろうか、藤袴？」

提案の形をとっているが、帝《みかど》の決定である。梓子には、決定を受け入れる選択肢しかない。怪異調査の勅は下らなかったのだから。

「畏《かしこ》まりました」

梓子は、再び御前に平伏した。

■　二　■

あのあと、帝からは、『きざはし』の解決報告時に言われたのと同じ、賀茂祭を楽しむようにとのお言葉を賜った。

「皆さんは、賀茂祭の日、どうお過ごしに？」

御前を下がり、局に戻りながら梓子は同僚たちに尋ねてみた。

「もちろん、祭見物よ。殿舎の違う知人から、見物の車を出すので乗らないかって誘われているの」

女郎花は、その奏楽の腕前からほかの殿舎に呼ばれることも多いので、宮中でもいろんなところから声が掛かる。

ほかの殿舎に知人が多いと言えば……。

「柏さんも行くのですか？」

「ええ、ええ。こうした祭では、ほかの殿舎の女房たちと縁を結ぶ良い機会ですから。

……時に、藤袴殿。集まる宮中の噂に偏りはありませんか？　もしくは、あのあたりの話はあまりないな、と思う殿舎があるとか？」

仕入れた情報を教えてもらうことはあっても、情報の仕入れに関して問われることはなかった。梓子は日頃の記憶を呼び起こして、頭の中で並べてみる。

「……そうですね。やはり、桐壺など、梅壺から遠く、東宮様に仕える方々が多い殿舎は、話があまり入ってきませんね」

それらは、そもそも左の女御の用事で行くこともないから、近づくことさえしない場所なので、どうしても情報が入りにくい。『つきかけ』の時も、承香殿以外で骸骨《がいこつ》が出た件については、遭遇した者から話を聞くことはなかった。『あかずや』で縁ができていたので、承香殿で『つきかけ』に遭遇した話を聞くことはできたが……。

「なるほど、なるほど。そういうお話でしたら、今回お誘いいただいている物見車は、桐壺か、それに近い方々の多いところのものを受けるとしましょう」

ありがたい話だ。今回保留になった件も、より広く話を集めると違ったものに見えてくるかもしれない。正直、少将のような見方は梓子にはできなかった。

「さすが柏さんですね。情報入手経路の開拓に余念がない」

こんな風に誰かとモノに関する話をすること自体が、内侍所の女房だった頃の梓子では考えられないことだ。

「いえいえ。『すずなり』の件で、梅壺周辺だけでなく後宮全体から噂を拾ってくる必要性があると痛感いたしました。今回の件も、より広くから多くの話を聞けていれば、少将様にご指摘いただく前に気づけたこともあったかもしれませんし。広く縁を得るのに、賀茂祭はまさに好機。物見車に同乗させていただきたいと、様々な殿舎に声を掛けていたのです。ほかの殿舎の方々も梅壺の情報を得たいのでございましょう、おかげでいくつかのお誘いをいただけました」

モノの発生待ち専門の梓子にはない積極性に感心するばかりだ。柏に感心したのは、梓子ばかりではなかった。

「いくつもの誘いが来ている時点で、さすがだわ」

普段は辛辣《しんらつ》な言葉を使うことが多い桔梗も、柏の仕事姿勢には賛美を示していた。

「そうおっしゃる桔梗さんは、どなたかと見物に行くのですか？」

「若い女房たちの中には、まともに祭の行列を見たことがないって子もいたから、希望者を募って、うちで車を出すことにしたの。今年もいい場所で見られるといいのだけれど……」

さすが、面倒見がよく頼りになる『みんなの姉上』桔梗だ。

「藤袴は、少将様と祭見物に行くんでしょう？　いい場所で見られそうね」

からかうように問われ、梓子は慌てた。

「いえ、そんなことは！　少将様は祭当日の行列に参加する側なので……」

賀茂祭の当日は、勅使（幣帛《へいはく》を奉ることから奉幣使ともいう）が官人を従え、行列を成して宮中を出立し、上賀茂《かみがも》・下賀茂《しもがも》の両神社を参詣《さんけい》、それぞれから御神託をいただいて宮中に戻ることになっている。

勅使が従える官人には、検非違使《けびいし》、内蔵使《くらつかい》、近衛使《このえつかい》などがいるわけだが、彼らも随身を数多く従えており、さらには、命婦《みょうぶ》や童女《わらわめ》を伴った斎王《さいおう》の列（女人列）が続くため、全体として行列を形成することになるのだ。

少将は、近衛使として、騎乗でこの行列に参加することになっている。

「あら、少将様、今年は指名されてしまったのね。少将様は、藤袴と祭見物に行くものだと思い込んでいたから、行列に参加されるとか考えていなかったわ。……で、どうする、藤袴？　行きたいなら、藤袴も私と……って、そもそも、藤袴は物見車を出しての祭見物に興味ある？」

桔梗がひどく心配そうな顔で、梓子の顔を覗《のぞ》き込む。もしや、祭見物に行きそうにない引きこもりだと思われているのだろうか。

「乳母《めのと》に連れられて毎年見物に行っていましたよ。多田の家で物見車を出していただいていたので、毎年いい場所でした。なにせ、多田の家人は見るからに屈強の武人ばかりなので、ほかの物見車に場所の取り合いを仕掛けられることがないんですよ」

ごくごく幼い頃は、母も一緒だったらしい。

「うらやましい話ね。今日は、まだ兼明殿は来ていないの？　お隣に場所取り、お願いできないかしら。少将様が行列に参加されるのであれば、いつにも増して物見車の場所争いが厳しくなりそうだもの」

桔梗が笑う。桔梗の家も中将を出している家だが多田のような武門というわけではない。多田は郎党もそれなりの数が居て、修練もさせている。今上帝は華美を嫌い、毎年のように物見車を新調するのも、良い衣装を着せた随身を多く連れているのも好まない。多田の家は、そのお考えに沿って少ない随身しかつけていないが、とにかく周囲への威圧感が違うのだ。

「いい場所は保証しますよ。では、兼明殿がいらしたら……」

言いかけて、ふと気づく。

「紫苑さんは、桔梗さんとご一緒ではないんですか？」

「今年はお誘いが来ているみたいだから、様子見。最終的にお誘いを断るようなら一緒に行こうと思っているの」

桔梗が愉《たの》しげに言って、紫苑の衣の袖《そで》を軽く小突く。

「おぉ、その桔梗さんの言い方からすると、殿方からのお誘いですか？」

紫苑は、中納言家の四の君（四女）なので、婚家として注目度が高く、そもそも殿方からの声が掛かりやすい。とはいえ、四の君である彼女は姉も多いため、注目度が上がったのは、三の君（三女）が亡くなったあとかららしい。

三の君の夫である左中弁が、周囲にとにかく妻の良さを自慢していたため、妹である四の君に対しても期待値が上がったのも要因のようだ。

そんなことを考えながら桔梗と二人で紫苑を挟み、両側から顔を覗き込んでいたのだが、そこにお誘いしている当の本人が現れた。

「すみません、僕が紫苑殿をお誘いしました」

左中弁が御簾《みす》の向こうから遠慮がちに声を掛けてきたのだ。

梓子は桔梗と顔を見合わせ、左中弁は紫苑を訪ねてきたのだからと、その場を離れようとしたが、紫苑が無言で二人の衣の袖を握って、引き止めてくる。

一芸である裁縫が関わらないところでは、とことん引っ込み思案の紫苑が、こんな風に彼女にしては強い主張を示すとは珍しい。

桔梗が何かを察して、梓子に視線を投げかける。声を出さぬまま、紫苑の局《つぼね》のほうに視線を移動させる。梓子は二度頷《うなず》いて、御簾の向こうに声を掛けた。

「さ……左中弁様。藤袴にございます。紫苑さんをお訪ねでしたら、申し訳ないのですが、紫苑さんの局にご移動いただけますか？　あと、わたしが梅壺の記録係として同席いたしますね」

さらっと紫苑一人ではないことを付け加える。

左中弁が梓子の同席を望まず、今日のところは……と言ってくれるのを期待したが、左中弁は軽く返してきた。

「はい、大丈夫ですよ。藤袴殿の筆ならば俗っぽい僕でも少しはまともな人間として記録に残りますかね」

言っていることが、すでに俗っぽい。それに、お誘いを容易《たやす》く口にするのも、優雅さに欠ける振舞いだ。物見車に男女が同乗するのは、それなりの深い仲であることが前提である。女性が殿方の誘いを受け入れることは、そういう仲になることを了承したものとして扱われることになる。だが、左中弁といえば、兼明やほかの人々の話に聞く限りでは、亡き妻を今でも思う一途《いちず》な殿方のはずだ。それなのに、祭見物に紫苑を誘うとは、どういう意図があるのだろうか。

紫苑の局に入ると、桔梗が局で思い思いに寝転んでいる猫たちを、順に母屋《もや》へと退避させる。その間に、梓子が、御簾の端近に几帳《きちょう》を置いた。几帳から少し間を空けた位置に紫苑を座らせると、御簾の外からはわかりにくい形で紫苑の左右に桔梗と梓子が並んだ。ただそうはいっても、誰か居ることはわかるだろうから同席を宣言した梓子のほうが声を掛ける。

「お待たせいたしました。文机《ふづくえ》を置く関係で、少し後ろに下がらせていただいておりますが、お声は届くかと」

左中弁は右の女御側に近い人物で、左の女御を主《あるじ》とする梅壺が多少の警戒心を見せるのは、不自然なことではない。

「今日こそは、色よいお返事をいただけるかと思いましたが、難しいようですね」

こんな遅い時間に紫苑を訪ねてきた左中弁は、御簾の内側のことなど気にもせず、紫苑に話しかける。内容は、当たり障りのない世間話から始まり、賀茂祭の見物の件で誘いの返事を尋ね、見物のための場所取りや新調した車の話をする。これに、殿方とのやり取りが苦手な紫苑が言葉少なく応じている。居ないことになっているので黙っている桔梗に視線で促され、ときたま会話に参加させられていた梓子に、紫苑が申し訳なさそうな顔をする。

そもそも、紫苑は、祭見物の件で正式に左中弁の誘いを受け入れたわけではないらしい。内気な彼女にとっては、左中弁と二人での祭見物は避けたいが、誘いを断るというのもとても勇気が必要なのだろう。先ほどからの左中弁の話は八割がた亡き妻との思い出話だ。それ自体は、姉を慕う紫苑も聞きたい話らしいから、誘いを断る話に持っていいく機を完全に見失っている。

　どう話を持っていけばいいのかの判断が難しいのだろう。わからなくもない。すでに紫苑の家は左中弁の婿家ではないのだ。姉妹だから引き続き紫苑が義兄の面倒を見なければならないという話ではない。まして、紫苑の父は、いまや左大臣の家司だ。右の女御に近い者を再び婿に迎えるわけにはいかないだろう。家の方針は明確だ、紫苑としても断りたい。それでも、言い出しにくい話の流れではある。それは、梓子も桔梗も同じことで、紫苑の代理で断るというわけにもいかない。

「それにしても、藤袴殿と再びこうしてお話しできるのも何かの縁でしょうか」

　何度目かの梓子の会話参加に、左中弁が急に話の方向性を変えてきた。

「そ、そうですね」

「それで……、いかがでしょう。藤袴殿も、ご一緒に祭見物しませんか？」

　突然の誘いに梓子は、思わず立ち上がりかけた。

「……わたしも祭見物に、ですか？」

「兼明殿から、お誘いしてもよいと許可はいただいております。でも、誘うことを許可されただけなので、お受けいただけるかは藤袴殿次第とわかっております。返事は急ぎませんので……」

　兼明が許可。なにをしているんだろうか、あの人は。梓子は頭を抱えたくなった。兼明は本気で仲介人をやるつもりなのか。

桔梗がこの場に居ない兼明を睨《にら》み据えている。

返事を急《せ》かされない点だけは助かった。これはかなり慎重に返事せねばならない話だ。梓子一人でなく、紫苑と一緒にという部分に引っ掛かりを感じる。しっかり紫苑と話し合って、返事の方向性を決めなければならない。

「梅壺の記録係ですので、なによりも女御様のご予定が優先にございます。お尋ねしてみますね」

後宮殿舎付の女房の奥の手、『我が主に聞いてみないと』である。かつての梓子には使えなかった技だった。女御付女房になったことを実感する一手だ。

「そ、そうでしたね。……では、お返事はまた後日に」

この奥の手は、返事は急がないと言いつつ返事を強要する相手に対して、社交辞令でなく本当に返答時間を急がなくてもよくなる威力がある。帝《みかど》でもない限り、今すぐ女御に確認して来いとは言えないからだ。

御簾の前を立った左中弁が遠くなるのを待ってから、御簾の内側の三人が同時に息を吐いた。

「もうしわけございません、藤袴殿。少将様がいらっしゃるというのに、わたくしの事情に巻き込むようなことになってしまいました」

紫苑が泣きそうな顔で梓子の前に伏せる。

「落ち着いてください。先ほどもお話ししましたとおり、少将様と祭見物という話はございませんので」

「それがわかっているからこそ誘ったのかもね。だとしたら、藤袴と紫苑、どちらが本命なのかしら？」

潔癖なところがある桔梗としては、左中弁の狙いがハッキリしていないことがすでに気に入らないようで、厳しい表情でもう誰もいない御簾の向こうを見据える。

「紫苑さんでしょう。いまも紫苑さんの姉上様を想っていらっしゃると伺っております。姉上様の思い出を語るにしても、紫苑さんお一人を誘うのは難しいから、わたしにもお声をかけてくださったのでしょう。記録係として『居るか居ないかわからないほど気配が消える藤袴』との高評価をいただいておりますから！」

梓子の考えに、桔梗と紫苑の視線が集まる。

「それ、高評価なの？」

桔梗は呆《あき》れ、紫苑は慌てて否定した。

「私が本命なんて、それはないと思います。姉と私は全然似ていないですから！」

声が大きくなったことに本人が気づき、再び梓子の前に伏せると小さくなる。

「そ、それ以前に、左中弁様は、藤袴様と右近少将様とのお話を耳にされていないのでしょうか。もしくは知っていて……なのでしょうか？」

伏せたままの紫苑の問いに、桔梗が顔を上げるように促しながら答える。

「左中弁様は右の女御様側の方だから、どういう話を聞いているかはわからないわよ。

まあ、当代一の色好みで知られる右近少将様は、お噂の相手が大変多いから、その他大勢と一緒くたにされているんじゃない？　そう考えれば、誘うのもなしじゃないから」

たとえ顔に思うところが出てしまっていたとしても、本人のいないところで悪いことをなるべく言わないのが桔梗の信条だと聞いている。左中弁の言動を良い方に捉《とら》えようとしているようだ。

「たしかに……」

桔梗の言に納得せざるを得ない梓子は呟《つぶや》き、続けて小さく唸《うな》った。

梓子を『藤袴』と呼ばず、梅壺の女房という認識を持たない女房は、まだそれなりにいる。梅壺側は当初ほかの殿舎に梓子を藤袴として紹介して回る話も出たが、梅壺の記録係という性質上、対立勢力からの取り込みや引き抜き、もっと酷《ひど》い場合は拉致《らち》が発生する可能性もある。これに対して、左大臣の猶子で親王筋である少将が後ろ盾についていることを示して危険から遠ざけているわけだが、噂になる相手が多い人物であるため、二人の関係は本気にされていない。

そもそも噂は、悪く言われている内容のほうが広がりやすい。『あやしの君』や『モノ愛《め》づる君』は印象が強く、梓子が宮中のどこに行っても言われるわけだが、『筆が正確で速い小侍従』は、ごく狭い範囲でしか知られていなかった。

典侍の縁者という以外、出自の詳細が不明な上に、モノに関わる噂を抱えている女房が、左の女御に仕えたり当代一の色好みで知られる少将と親しくしていたりするなんて、ありえないというのが、宮仕えする女房たちの標準的な感覚なのだ。

「あるところでは、少将様がモノを祓《はら》っていて、わたしがその助手として梅壺に派遣されているなんて噂もあるくらいですしね」

少将との仲も梅壺に仕えていることも全否定である。もう笑うしかないと思っているところに、声が掛かる。

「相変わらず、ややこしいお噂の多いお二人ですね」

左中弁が去ったのを確認して母屋から猫たちを紫苑の局に戻しに来たのは、同じ梅壺勤めの竜胆《りんどう》だった。

梅壺の女房の中では撫子に次いで二番目に若い竜胆は、宮仕え初日の挨拶《あいさつ》で『添い遂げる殿方を探しに参りました』と、新人女房の面接を担当していた萩野に宣言したと聞いている。歌の家の者である彼女は、歌人としての腕を買われて梅壺に召されたそうだ。添い遂げる相手を探しているので、常に駆け引きなしの真っ向勝負を仕掛ける情熱の女性だ。ただし、歌に情念をこめ過ぎて相手に引かれる傾向があるとか……。

「左中弁様は、藤袴殿が自身の誘いに乗るか否かで、右近少将様との仲に関する噂の真偽を探ろうとしているのかもしれませんよ。その上で、右近少将様とつながりがあるなら弘徽殿《こきでん》へのお渡りを促してもらうために、つながりがないならないで梅壺の中の話を聞き出す伝手《つて》にするために。そういう意味での狙いなら間違いなく藤袴殿が本命でしょう」

竜胆が、ややうつろな目でブツブツと呟く。彼女は、自身の宮仕え目的を達成するために、殿方の考えをとことんまで推し量ろうと、日々、文や添えられた和歌を読み込んで学んでいる。そのせいか、殿方の言葉の端々から裏にある意図を読み取ろうとすることが癖づいているのだ。

本命という言葉に対する冷静な考え方に、桔梗も同意を示した。

「なくもないわね。梅壺でほかの殿舎に出向くのは、基本的には柏と藤袴ぐらいだわ。女郎花様は音でつながっているから論外として、梅壺の話を聞き出すにしても、右近少将様と懇意になるにしても、藤袴のほうが突《つ》きやすいもの。……曲者《くせもの》の柏じゃあ、自分のほうが情報を引き抜かれること請け合いでしょうから」

桔梗の柏評は悪口ではない。桔梗なりに宮中の噂を拾ってくる柏の仕事を高く評価しているゆえの言葉だ。柏の次に殿舎の外に出ることが多い梓子だが、柏よりも声を掛けやすいだろうとは思う。

いずれにしても左中弁の狙いが問題だ。それによっては、誘いに乗って祭見物に行き、右の女御側の状況を聞き出すのもありだろう。ただ、それは梓子向きの仕事ではないのだが……。

「竜胆さんから見て、左中弁様はどのような殿方ですか？　一途《いちず》なお方のようですが」

右の女御側であるか否かを問わず、殿方として声を掛けてきているのかを考えるために、左中弁を知る一助として竜胆の殿方評を尋ねてみた。

「いいですか、藤袴様。一途と執着は似て非なるものなんです。……あれは、おそらく執着系の殿方です。わたくしの範疇《はんちゅう》にございません」

「……なるほど。一途と執着は違うもので、かつ、左中弁様は、執着系なのですね。大変勉強になります、竜胆さん」

さすが殿方を見る目の厳しい竜胆だった。

「しっかりして、藤袴！　竜胆は、貴女《あなた》より五歳も年下だからね！」

しきりに感心する梓子を、慌てた様子の桔梗が制止する。だが、更なる声が桔梗をより慌てさせた。

「竜胆ちゃんの送る和歌のほうがドロドロで、執着系って……むぐぅ」

急に会話に入ってきた撫子の口を桔梗が塞《ふさ》ぐ。

「撫子、それ以上は駄目よ。まだ若いというより幼い感じの貴女には難しいことかもしれないけれど、正しく指摘することが正しいとは限らないのよ、特に宮中では、ね！」

二十三歳、いまのこの場では最年長の桔梗が説く宮中心得に、梓子以下全員でこくこくと頷《うなず》いた。

翌日の夕刻。梅壺を訪れた少将は、忙しくて長居できないけど顔だけでも見たくて、と前置きしてから、いつものように御簾《みす》前に座した。

「左中弁様が？」

昨夜あったことを話すと、すぐには終わらない話だと判断したのか、近くの柱に背を預けて、考えに耽《ふけ》った。

「……どう解釈したものか。紫苑殿が狙いで、彼女が断りにくいように君を誘ったということも考えられる」

それは梓子も考えた左中弁の狙いだった。だが、少将は小さく首を振ると、己の意見を覆した。

「いや、逆も考えられるか。……仲介人を自称する多田殿が、どれだけ積極的に動いているのかわからないから、なんともいえないけれど」

仲介人が、仲介する男女の仲を深めるために折に触れて動くことがある。今回のような大きな祭や季節の行事で、殿方に見物に誘うように勧めたり、気の利いた文を送るように促したりするのである。

「正直、兼明殿にそういう細やかさは期待できないと思うんですよね……」

左中弁の話で一番気になったのは、この点だった。あの兼明が自分から祭見物に誘うように左中弁を促すだろうか。しかも、梓子には何も言わずに。

「左中弁様のほうから、多田殿に祭見物に誘いたいと言って『いいぞ』と言われたくらいが、ありえそうなところかな。ああ、それならば、想像がつくね。……私は今回見物する側でなく、見物される側だからね。来年は、君と二人で見物できる側だといいのだけれど」

除目で近衛府《このえふ》を離れ、行列に参加しない役職に変われば、そういうこともあるかもしれない。もしくは、近衛府のままであっても近衛使に指名されなければ……。

物見車に二人、御簾はもちろん几帳《きちょう》の隔てもなく。梓子は、それを想像するだけで緊張してしまう。

「あ、あの……『側』という言葉で思い出したのですが、お聞きした話ですと、左中弁様は右の女御様側らしいではないですか。それなのに、紫苑さん狙いなんてことあるのでしょうか？」

多田の屋敷で世間から遠ざけられて育った梓子は、少々世事に疎い。特に政治的なことが絡む話は、誰が誰の側なのか非常にわかりにくい。

そこは、一時期仏門に入ろうとも、親王家に生まれ育ち、帝《みかど》にも左大臣にも近しい少将。幼い頃から宮中を知る彼は、梓子には難しいことも、さらりと教えてくれる。

「紫苑殿の御父上は、今は中納言におなりだけれど、数年前まであちら側の右大弁でいらした。その右大弁時代に、今の左中弁殿を三の君の婿に迎えられたんだよ」

あちら側、ということは右の女御側だったようだ。それで、紫苑の姉の婿が右の女御に近しい今の左中弁ということか。それでいくと、紫苑の姉も宮仕えをしていたのかもしれない。それこそ右の女御に。

「ただ、その三の君が三年半前に亡くなったことで縁が途絶えたはずだ。そのあとしばらくして、右大弁様は、紫苑殿を左の女御様の女房として出仕させた。これは、実質的に左大臣様側についたことを示している」

三年半前、当時の宮中はたくさんのことが一時期に集中して起きていたらしい。左中弁の北の方で、紫苑の姉でもある女性の死がほかの記憶に埋もれるほどに。なにせ、当時の宮中で、もっとも帝の御寵愛《ごちょうあい》を受けていらした故中宮様が崩御されたのもこの頃のことだったから。

故中宮の崩御は、当時の内大臣の権勢を急下降させた。宮中の勢力図の大きな変更は、多くの人々に影響を与えた。まだまだ将来を変えていくこともできる公達《きんだち》も世を儚《はかな》み、出家者を出した。目の前の少将も、その一人だったと聞いている。

だが、当時のことを淡々と語る彼に、その頃のことを尋ねることもできずに、彼の話に耳を傾けるだけだ。

「左大臣様側についたことで、右大弁様はその次の除目で参議に、さらには中納言にまでなったわけだけど、先日の『もののえ』関連の処分で大納言の正員がひとつ空いた。ここにほぼ内定しているという話だ。……この官位の昇りぐあいを見て、左中弁様が再びかつての婚家と縁を結びたがっているのかもしれないと、私は思っていてね」

そうなると、紫苑狙いでも梓子狙いでもない。左中将の狙いは……。

「それはつまり、左中弁様が、左大臣様側につきたいということでしょうか？」

御簾の際とはいえ声を潜めた。誰かに、特に紫苑には聞かせられない内容だ。

「どこまで狙っているのかはわからない。彼の家を受領《ずりょう》から京官にしたのは、右大臣様側との繋《つな》がりあってのことだ。彼一人で決められることでもないだろうから」

少将も御簾の際に膝《ひざ》を寄せ、そう口にする。家の置かれた立場に縛られているのは、女房も殿方も同じだ。

「……あんがい、君が考えたように、亡き妻の話をする相手を求めているだけなのかもしれないよ」

少将は柱に背を戻すと、蝙蝠《かわほり》を広げた。

「それで、多田殿には祭見物の話の確認はしたんでしょう？　反応はどうだった？」

どうやら、梓子が祭見物の話を兼明に確認するだろうことは、わかっていたようだ。言わなくても、自分の行動がわかってもらえていることに、気恥ずかしさと同時にくすぐったさが頬を刺激する。閉じた蝙蝠を手元に寄せるしぐさで梓子は俯《うつむ》いた。

「……行けばいい、と言うばかりです」

言ってから、顔を上げる。兼明の口調を思い出しても、祭見物がどちらからの提案なのかはわからない。あちらもこちらもそれなりに忙しい。詳しく聞くために足止めするのも良くないので、見かけた時にちょっと尋ねた程度の短いやり取りだったから、二人の間にどのようなやりとりがあったのか、兼明がこの話をどう思って言っているのかまではわからなかった。

「んー、それだけだと、左中弁様が多田殿に左側へ移りたがっている話までしているのかいないのか……いや、していないか。多田殿は、その手の話を聞いて黙っている気質ではないだろうから」

顔を合わせて半月と経っていないのに、兼明をよくわかっているではないか。梓子はなんとなく蝙蝠を広げ、顔を隠した。今度は、なんだか、とても胸のあたりがモヤッとする。たった半月で、少将にここまで理解されているなんて、なんだか、兼明のほうが自分より少将に近しい仲なのではないか……などと思ってしまう。梓子は蝙蝠の裏で小さくひと息吐いてから尋ねてみる。

「兼明殿に、こちら側に行きたい話を……ですか？」

「うん。左大臣様側につながりが欲しいなら、多田殿は多田殿でいい縁だ。多田の家は左大臣様と近しいからね」

言われてみればその通り。多田の家は、そもそも摂関家に近しい。多田の現統領にいたっては、左大臣の邸宅新築に際し、馬や家具調度の類《たぐい》を献上するなどしており、隠すことなく左大臣側の家である。左大臣が割とすんなり梓子を左の女御の女房にすることを許したのも、多田の屋敷で育てられていたことが大きいのではないかと、梓子は考えている。そう考えられるようになったのは、左の女御の記録係になり、内侍所に居た頃よりもはるかに、人々の政治的なつながりに気を遣わねばならなくなったからである。

「まあ、多田殿は左側に移りたいから君と縁を結びたいなんて者を許さなそうだから、左中弁様も言っていないのかもしれないね」

兼明は絶対に許さないだろう。少将は本当に兼明を理解しているようだ。……いや、これは、兼明がわかりやすいという話だろうか。

「わたしは、左中弁様が狙っているのは、やはり紫苑さんだと思うんですけど。婚家を気にする方ならなおさらです。わたし、婚家としては最弱ですよ」

梓子は里帰りする屋敷こそあれ、間借りしているような身で、婚家はない。乳母《めのと》の大江や典侍は前からだが、今では多田の統領までいつまでも屋敷を使っていいと言ってくれているそうだ。おそらく、左の女御に仕える女房になった時点で、左大臣に近い多田の家にも話があったと聞いているので、そのあたりが関係しているのだとは思うが、ありがたい話だ。

それでも多田は梓子の家ではないし、養女にもできない。多田の者を乳母に出したということは、家格として梓子の家のほうが上だったわけで、多田の養女にすることは梓子の家格を下げてしまうことになるからだ。それゆえの半端な状況が続いているのだが。

少将から二条の屋敷に迎えるという話が出たのも、梓子自身には殿方を婿として迎え入れる家がないからだ。

「婿入りする側から見て最弱の婚家というのは、政治的不遇にある家をいうんじゃないかな。だとすると、私には、あまり意味のないものだ。いまの宮中に、左大臣である養父上《ちちうえ》より上に立つ人臣はいないからね。だいたい、君が言うほど、君は低く見られていないよ。そうでなくとも、君は左の女御様のお気に入りだ。……というより、梅壺に仕えている女房は、皆そういう意味で宮中の男たちから注目されていて、縁を結びたい者も多い」

なるほど。梓子でなく藤袴。梅壺の女房だから声が掛かる、と言われれば納得がいく。帝のお渡りになる梅壺は、宮中の注目をどうしても集める。

「でも、竜胆さんは『宮仕えは婚活目的』だと公言していますが、なかなかお相手が見つからないようですよ」

「知っている。彼女は本気過ぎて、気軽に声を掛けることができないという嘆きを聞いているよ。……ようやく交わした和歌に重い情念を感じて、逃げ出す者もいるね」

撫子の言っていたことと同じだ。ほかの人の恋文を見る機会なんてないので、実際に竜胆がどんな恋の歌を作っているのか梓子は知らないが、もらった本人ではない少将まで知っているとは、相当なのではないだろうか。

「あっ！　竜胆さんの御歌なら言の葉の鎖になってくれるのでは？」

「別の意味で物の怪《もののけ》化しそうだから、やめておこうね」

いい案だと思ったが、少将からは即時否定されてしまった。

「話を戻すよ。三の君の身代わりにされそうな紫苑殿が一人で祭見物に行くことを考えると、君が同行したほうがいい気もする。だから、紫苑殿の決定次第かな……。最終的な判断は君に任せるよ。怪異相手の話ではないから、行列から抜ける許可はいただけないだろうし」

梓子と少将は、モノが関わる事では帝の勅令で動いているため、そのほかのほぼすべての仕事より優先されるのである。

「ただ……言うまでもないことだけど……左中弁様と二人で祭見物とかは、やめてね」

柱にもたれる少将が蝙蝠で口元を隠しながらそんなことを言ってきた。

また、あの時のことが思い出される。

局《つぼね》の御簾《みす》を上げる女房と、その局に入って行った少将の姿を。

「い、言われるまでもなく、二人でなんて……」

梓子は広げた蝙蝠の裏に顔を隠した。心穏やかではない表情を、御簾越しであっても出していたくはなかった。

少将の目には、それが二人きりを想像した梓子の照れ隠しに見えたのだろうか。柱寄りの御簾の際に膝行《しっこう》すると、少将が蝙蝠を下ろし、微笑む。

「うん。そんなことになれば、騎乗して進みながらも一台の物見車だけ凝視してしまいかねないからね、頼むよ、小侍従」

当代一の色好みは、笑顔の破壊力が強い。広げた蝙蝠で防げるものではなかった。梓子は熱くなる頬を押さえて身を下げた。そこに、少将が、ぼそりと呟《つぶや》く。

「……その上、悔しそうな顔をしているところを主上に見られて、ニヤニヤされたあげくつい睨《にら》み返して、喜ばせるとか……絶対避けたい。私は行列の最初から最後まで涼しい顔をして騎乗していたい」

これはこれで少将の本音だろう。梓子は蝙蝠を広げ、その裏から返した。

「いま、まさに主上がご覧になったらお喜びになるお顔をされているのでは？　御簾越しでも、なんとなくわかります」

指摘すると、少将が下ろしていた蝙蝠を再び上げて顔を隠すと、柱にもたれる位置に戻る。

「それは、ここにいると主上が見に来るって話かな。いつも時を見計らったように現れる方だから怖いね。……それに、君以外にこんな顔を見られるのは癪《しゃく》だな。仕方ない、今夜はこの辺で失礼するよ。賀茂祭の衣装の最終調整をするから今夜は屋敷に戻るように、家の者から言われているのでね。どこの乳母子も心配性だ」

兼明のことを乳母子としてどうなのかと話していた時に出てきた少将の乳母子の話らしい。聞く限りでは、どこも同じという気がする。

「そのようなお話をお聞きすると、紫苑さんが行かなくても祭見物に行きたくなってしまいます。素敵なお衣装で騎乗されるお姿をぜひ見たいです」

御簾の端近に寄って、ささやく声で梓子が言うと、御簾の向こうで小さく笑った少将が柱から身を起こし御簾に顔を寄せた。

「来年も見物される側だとしたら、君は二条の屋敷で衣装を整えてくれる側になるから、存分に見ることができるよ。……それを楽しみにすれば、私もなんとか今年の祭を乗り切れそうだ」

御簾の下から忍び入った少将の手が、梓子の手にそっと重ねられた。

■三■

いつもより遅く来た忙しい少将が、いつもより早く帰ったあとで、梓子の局を訪ねてくる者が居た。

「藤袴殿、少しよろしいでしょうか？」

紫苑だった。遠慮がちに几帳《きちょう》の横から顔を覗《のぞ》かせているから、手招きした。

「はい、大丈夫です。こちらへどうぞ」

紫苑は、一瞬安堵《あんど》の表情を見せたが、すぐに緊張で顔をこわばらせて、黙ってしまった。紫苑の性格から考えると、何か用件があって声を掛けてきたはずだ。誰かの時間を使うこと自体を遠慮するのが彼女だから。

だとしたら、この言い方で合っているはずだ。

「少将様もお戻りになったので、このあとは、することがなくて……。紫苑さん、一緒に過ごしていただいても、かまいませんか？」

「では……もし、よろしければ、藤袴殿も一緒に来ていただけないでしょうか？」

用件を言うように促す狙いは、うまくいったようだ。どうやら、今回の紫苑は、誰かの時間を使うことに遠慮している場合ではないらしい。

一緒に来てほしいのは、左中弁との祭見物に、だろうか。それとも、左中弁の祭見物のお誘いを断りに行くのに、だろうか。梓子としては、どちらであっても祭見物に関しては、紫苑の決定に従うつもりでいる。

「それで、どちらに？」

紫苑は祭見物に行くのか、行かないのか。答えを待つ梓子に、紫苑が重々しい口調で告げた。

「死者が現れる局です」

二者択一の『どちら』ではなく、場所としての『どちら』だった。だが、そこに反応して、戸惑っている場合じゃない。

止めようとする梓子より早く、紫苑が続けて訴えた。

「……わたくし、亡くなった姉上にお会いして聞きたいことがあるのです。会えるかもしれないのなら、行きたいのです」

思い詰めた目をしている。これは、梓子に断られたならば一人でも行くと決めている目だ。紫苑とは思えぬほどに強い目をしている。

「少々お待ちを」

梓子は、二階厨子《にかいずし》から草紙と筆を入れた硯箱《すずりばこ》を出して懐に入れる。噂の事象が本当に起きているのか、少将の言うように誰かが意図して流している嘘なのか。確かめたいとは思っていた。

「……紫苑殿の警護は、わたしが承りました。さあ、参りましょう」

二階厨子の前を退き、紫苑を振り返った梓子に、彼女が御仏《みほとけ》に祈るように手を合わせて、目を輝かせる。

「頼もしいお言葉です。さすが『百鬼を従えし君』ですね」

それは、いつ、どこから言われるようになった呼び名だろうか。

百鬼どころか、一鬼を従えたこともないのだが。母じゃあるまいし、こちらは縛るので精いっぱいだというのに。

色々と思うことはあれども、不安におびえながら向かうより良い。かりそめの強者として、問題の局へと向かうことにした。

「ところで、紫苑さんは死者が現れる局の場所を知っているのですか？」

「わたくしも、その噂話を聞いたのです。そこでは、淑景舎となっておりました」

淑景舎は、通称を桐壺。後宮七殿五舎の配置で考えると北東にあり、西に位置する梅壺とは距離がある。柏がこれから情報を仕入れるための伝手《つて》を作ろうとしているくらいで、現状では淑景舎の噂は直接入ってこず、あくまで間接的に、別の殿舎（具体的には承香殿）の女房から噂を仕入れている。その分、噂の流れ始めからは、時が経っていることもなくはない。

「ただ、あくまで噂だから、真偽のほどはわからないとも言われました……」

そんな風に言われたら、紫苑の性格なら誰にも言わないで自分の中に閉じ込めてしまうではないか。特に噂で色々言われている梓子には、適当な噂は聞かせないようにするだろう。それにしても、内向的な紫苑に、淑景舎の話を聞ける伝手があるとは。

「あの、紫苑さん。その噂は、どなたからお聞きに？」

今回の祭見物で柏がうまくつながりをつけられなかったとしても、紫苑を介して柏に紹介してもらえれば、淑景舎とのつながりは確保できるはずだ。

「左中弁様です。以前、藤袴殿にお礼を言いにいらした時のことです。その時は、ただただ怖くて、行こうとは考えられませんでした。ですが、いまは……」

それでは、『すずなり』の時には、すでにこの噂が、左中弁様の耳に届くほど宮中に流れていたということか。

「……行きましょう。急ぎ確認して対処を決めなくてはいけません」

梓子は、宮中女房の端くれにあるまじきことだが、立ち上がり、局を出た。

飛香舎《ひぎょうしゃ》を通り、承香殿を経由して、麗景殿、宣耀殿と抜けて、ようやく淑景舎にたどり着く。これが、近道ではないことはわかっている。だが、右の女御の居所である弘徽殿を通ることは、左の女御に仕える梓子と紫苑にはできないのだ。

また、同様に東宮の居所である昭陽舎も通れない。帝が左の女御にお渡りになるようになった頃から、左大臣と東宮の仲は、急速に悪化してきている。東宮は、左の女御が皇子を産んだら、左大臣にとって自分が邪魔な存在になることを理解しているからだ。左大臣家も東宮妃を出しているが、右大臣側も出している。その東宮妃を通じて、右大臣側は東宮に接近しているという話を聞いた。このような状況により、梓子たちが昭陽舎を通ることは、あらぬ疑いを掛けられに行くようなものなので、萩野からは緊急時以外はできる限り通らないように言われている。

「なぜ、姉上様に会いたくなったのですか？」

最初に聞いた時は怖くて行く気がなかったという紫苑が、なぜ今日行く気になったのか、気になった梓子が尋ねると、紫苑は俯《うつむ》いて足元を見ながら廊下を進み、いつも以上に小さい声で語り出した。

「実は、今日、父に呼ばれて話をしてきたんです」

中納言は紫苑の局《つぼね》を訪れるのではなく、わざわざ娘を呼び出したらしい。それだけ内緒にしたい話だったということだろうか。

「左中弁様のお誘いの件で、家に文を送りました。その返事が、姉の話をしたいという父の呼び出しだったのです」

紫苑は進む速さを緩めると周辺を見回し、近くに人がいないことを確認した。

「姉は数年前に亡くなりました。……でも、その時まだ裳着《もぎ》を済ませたばかりの歳だったわたくしは、何があったのか、知らされていなかったんです」

聞いていた限りでは、流行《はや》り病の余波で亡くなったという話だったが、どうやらそれは真実ではなかったようだ。

「御父上は、どのように？」

「姉は……流行り病に罹《かか》って亡くなったと聞いていましたが、正確には違うらしいんです。流行り病が後を引いて、少しずつ身体を弱らせ、心も弱っていき……出家することを望んでもいたけれど叶《かな》えられなくて、最終的に絶望から亡くなったそうです」

女性の出家は心ひとつでできるほど簡単ではない。単身で京を出て仏門に入るなんて、そんな少将みたいなことは、貴族女性にはできないのだ。

「落飾は……？」

貴族女性にとって命の次に価値があるのは、長く美しい髪だ。女性が髪を切ることは、出家の意志を強く周囲に示す行為だ。

「初期の頃に一度。その時は、周囲が止めて出家を思い留《とど》まり、髢《かもじ》を付けることで、なかったことになさったようです」

髢は、つけ髪のことで、地毛の足りない部分を補うためのものだ。紫苑の姉上は、おそらく切ったご自身の髪を髢として使ったのだろう。

「その後、本気で出家を願った頃には、すでに寺に赴くお力どころか、自身の髪を切るためのお力さえなかったというお話でした」

一度は思い留まった出家を、再び望まれたのは病篤《あつ》く、お心が弱られたからだろうか。それとも、死を目の当たりにして、御仏にすがるよりないと思われたからだろうか。

「姉に聞きたいんです。あれほど左中弁様に……重惟様に想われていらしたのに、それでも、なぜ出家を望まれたのか。出家叶わず、よりお身体を弱らせていくほどに強く望まれるなんて……」

紫苑の声が、いつも以上にか細くなる。

「わたくし、最近、縁談のお話をいただくことが増えました。中には、直接局に文を届けてくる方までいらして。藤袴殿もご存じのとおり、わたくしは殿方が苦手です。……竜胆殿は、男女の歌とはそういうものだとおっしゃいますが、文の向こう、本当はどんなことを思って、こんな熱のこもった歌をお書きになっているのかは、わからないですもの。それが、とても怖いのです。きっと、姉が出仕していた時にも同じようなことは、あったと思うんです。姉は、その時、どうそれを乗り越え、一途《いちず》に想ってくださる重惟様のような方とお逢《あ》いになれたのでしょうか」

男女の仲は文に書かれた歌に始まる。といっても、最初から殿方の文が姫のもとに届くわけではない。家人、侍女、乳母《めのと》、時に母親だけでなく父親も含めて、歌を送ってきた殿方を吟味し、婿に迎えてもいいかもしれないと思える殿方の文だけが、姫のもとに渡る。だが、宮仕えの女房の場合、直接本人同士が文を交わすこともある。家の者たちが、紫苑の内気な性格を考慮して、押しが強くない軽めの歌を送ってくる文だけ通していたかもしれない状況から、初めての文であっても情感たっぷりの歌が直接届いてしまう状況になってしまった。

もっと言ってしまうと、宮仕えの女房を口説く殿方というのは、往々にして夜遊び慣れした人物として知られていて、家のほうでは歌を送っても弾《はじ》かれていた殿方であることが多い。その分、宮中で落とそうと押しの強い文と歌が届くのだ。

そんな状況であるから、宮中で一途な殿方と出逢うというのは非常に稀《まれ》で、それこそ、神仏のお導きによるご縁と言える。

「思うのですが……、殿方の文に関しては、竜胆さんに見分け方をお尋ねになったほうが早いのでは？」

この件に関して、梓子が言えることは少ない。なにせ、少将とは文のやり取りから始まった仲でもなく、いまに至っても恋歌を交わしているというわけでもない。モノに関わることで始まり、モノを縛ることについて意見を交わすばかりの日々だ。もう、紫苑に言えることなどありやしない状況である。

「竜胆殿に？　そうですね、代筆お願いしたいです。わたくし、歌は苦手で……」

一芸持ちが集まる梅壺では、『ほかの事は苦手』な場合が多い。梓子も能筆と言われるが、和歌を詠むのは苦手だ。

「大丈夫ですか？　竜胆殿の恋歌も、相当の熱がこもっていて、殿方が逃げ出すそうですが」

少将から聞いた竜胆の歌の殿方の間での評価を思い出して尋ねると、紫苑が苦笑いを浮かべる。

「むしろ、そのほうがありがたいです」

これは相当困っているとみた。これを言うのは自分の立場上間違っているが……。

「姉上様からお話が聞けるといいですね」

梓子の言葉に、紫苑は少し驚いたような顔をしたが、小さく頷《うなず》いてくれた。

廊下を巡り巡ってたどり着いた淑景舎は、時間も遅いせいか、とても静かだった。

「淑景舎の、どこに噂の局があるのでしょうか？」

淑景舎は凝華舎（梅壺）と同じく、五間四面。けっして狭くはないわけで、局の数もひとつふたつというわけではない。時刻も遅いせいかどこも半蔀《はじとみ》を閉めている。

首を巡らせた梓子は、次の瞬間、紫苑を引き寄せて柱の陰に隠れた。

「藤袴殿、どうなさいました？」

声を潜めるよう頼むまでもなく、紫苑の問いかける声はか細い。

梓子は無言のまま、一旦《いったん》見た者を確かめようと柱から少しだけ顔を覗《のぞ》かせた。

「……まあ、右近少将様？」

同じように覗いた紫苑が呟《つぶや》く。どうやら、梓子にだけ見えているというわけではなさそうだ。

「そうですね、少将様のようです」

なぜ、と思うも、以前目撃した時とは異なり、明らかに人気のない暗い局へと入っていく。その後ろ姿がすうっと、闇に吸い込まれるように見えなくなる。

「……暗いんじゃない、あれはモノが」

少将の身体を包んで、引き込んだのだ。気づいた梓子は、すぐに柱の陰を離れ、少将が消えた局へと急いだ。

■　四　■

「少将様！」

許可を求めるどころか、事前の声掛けもなしに、梓子は局に駆け込んだ。

「小侍従？　……紫苑殿まで、どうして？」

梓子の声で振り返った少将は、梓子がいること以上に、紫苑がいることに驚いていた。

「わたくしが藤袴殿に、一緒に来ていただけるようお願いしました」

殿方を前にして、紫苑の声は、常よりさらに小さい。ただ、相手はよく梅壺に来ている少将なので、梓子の後ろに隠れるほどではない。少将のほうも、紫苑に慣れているので、一方的に話したり、聞き取りづらいからと強く聞き返したりもしない。

「そういうことか。……紫苑殿にも会いたくて会えない相手がいたわけだね」

少将は、紫苑が内気だからといって、弱々しい女性だとは思っていない。『猫寄せ紫苑』で知られる彼女だが、左の女御に仕える女房としての一芸は『裁縫』である。若いが裁縫の腕に優れており、衣装の仕立ては熟練の域に達している。そして、この裁縫の腕に紫苑の気質が表れている。仕立ての糸や衣の色の合わせだけでなく、織りや染めの指定にもこだわりがあり、そこで妥協するということがない。芯《しん》に強いものがしっかりとある女性なのだ。少将は、そのことをちゃんと知っている。

なにより、人の声を正確に聞き分ける少将の特別な耳は、殿方と話す時とは違う、女房同士の会話での紫苑の調子も聞こえている。

「それで、先ほどの『紫苑殿にも』というお言葉からいきますと、少将様にも『会いたくて会えない相手』がいらしたということですね」

梓子は蝙蝠《かわほり》を広げた。梓子は、少将が一人で怪異の噂の真偽を確かめるために、ここへ来たのだと思ったのだ。まさか、会いたい死者がいて、そのために怪異を利用しようとしていたとは……。

「主上の御前で、一旦調査を保留としたのは、先にご自身が怪異に遭遇するためですか」

「ああ。会えるのであれば、是が非でも会っておかねばならない人がいる。……すまないが、紫苑殿、先を譲っていただけるかな」

悪びれることなく、少将は梓子に背を向ける。

なんだろう、蝙蝠どころか手元の物も手あたり次第投げつけたい衝動に駆られる。梓子はあろうことか懐の草紙と硯箱に手を伸ばしたくなった。

紫苑を制してまで会いたい人物がいるなんて、初めて聞いた。その相手というのは、帝《みかど》にとっての故中宮のような存在なのだろうか。いったい、誰に……。

胸のあたりに、良くないなにかが溜《た》まっていく気がして、梓子は草紙と硯箱の中の筆を取り出した。その梓子の袖《そで》を紫苑が縋《すが》りつくように引く。見やれば、紫苑の視線は少将の背中ではなく、さらにその奥へと向けられていた。彼女の視線をたどった梓子だったが、そこには、誰もいない。

ただし、なにもないというわけでもない。モノの出現に特有の黒い靄《もや》があるだけだ。少将の身に憑《つ》いているモノと『つきかけ』の骸骨《がいこつ》の間ぐらいだろうか。何か形を成そうとしているが形になりきっていない黒い靄の塊がある。少なくとも、梓子の目にはそう視えている。

だが、紫苑が彼女には珍しく上げた声に驚かされる。

「ま、待ってください、なぜ少将様が姉様にお会いにならねばならないのですか？」

紫苑の目には、あの黒い靄が姉に見えるというのか。

「紫苑さん、姉上様がいらっしゃっているんですか？」

確認に、紫苑が幾度も頷く。涙ぐんだ目で、まっすぐに少将の前に現れた黒い靄を見つめている。

「では……少将様が会いたかったのは……」

紫苑の姉の死は三年半前、少将の一時的な出家は二年ほど前。世を儚《はかな》んだという彼の出家の理由は、紫苑の姉の死にあったのではないだろうか。

そう考えて、胸に再び良くないものが溜まっていく感覚を感じたところで、もはや紫苑の言葉も聞こえぬ状態で目の前を見つめる少将が、背後の梓子に叫んだ。

「小侍従、縛るのは待ってくれないか。少しでいい、母と話をさせてほしい！」

瞬間、梓子があれやこれやと考えていたすべてが、ビュンッとどこかにふっ飛ばされてしまった。

視線を傍らに向ければ、紫苑がまさに黒い靄に向かって駆け寄ろうとしている。

「姉様！」

少将は梓子よりも年上だ、紫苑の亡くなった姉上も梓子より年上だ。だが、いくらなんでも、紫苑の姉が少将の母というのはありえないだろう。

これは、どういうことだろうか。梓子が草紙と筆を手に呆然《ぼうぜん》となったのは一瞬だった。

だが、その草紙と筆の感触が梓子を、まず『するべきこと』に引き戻した。

草紙と筆を再び懐に押し入れると梓子は、空いた両手を伸ばして前にいる二人の衣を力いっぱい引いた。

「お二人とも、落ち着いてください！」

黒い靄に吸い寄せられるように局《つぼね》の奥へと進んでいた二人の足が止まる。

「少将様は、紫苑さんの姉上様が御母上様であるということでいいんですか？」

梓子は、二人の意識をこちらに向けるために大きめの声でそう畳み掛けた。

「は？　……そんなわけないよ。私は亡くなった中納言家の三の君より年上だ」

内容が内容だけに、少将がこちらを向いて否定する。

「そ、そうです。少将様が甥《おい》というのは……」

紫苑も梓子のほうを振り返る。

二人の視線が、しっかり自分に向けられたことを確認して、梓子は二人の衣から手を離し、空いた右手で局の奥を指さした。

「でも、お二人は同じアレを見て、母だ、姉だと言っているんですよ」

「小侍従、その言い方……。ん？　もしかして、君の目には、そもそも局の奥にいる人として映っていないのかい？」

二人は梓子の指さす方を見てから、お互いの顔を見る。

「そんな……」

二人の中でも、『母』『姉』の像が揺らいでいるようだ。

ここでモノ慣れしてきている少将が、軽く頭を振ると先に回復した。

「小侍従、君の目に映るアレは何者だ？」

少将の目は、もうアレが母ではないなにかだという意識に変わっている。

「黒い靄です。……少将様に憑いているモノに似ています。似ていますが、『つきかけ』に近く、姿形を得ようとしているように視えます」

梓子は、改めて二人を、特に紫苑を自分の背後まで下がらせた。

「おそらくですが、見る者によって見え方が違うモノです。特定の死者がこの場に呼び出されているわけではないのでしょう」

特定の誰かに見えていない梓子にとってはなんでもない結論だが、二人にとっては、そうではなかったようだ。納得がいかない顔をしている。

「……試しに、別の誰かを思い浮かべてみてください。この際、死者じゃなく生者でもいいです。この場に絶対現れそうにない、でも思い浮かべやすい誰かを思い浮かべるんです」

会いたかった人に実は会えていなかった。それは、認めがたいものなのだろう。少将は躊躇《ためら》ってから、それでも紫苑に先んじて、モノと向き合った。

「……少将様？」

少将がモノから顔を背け、俯《うつむ》く。

「……父がいる。出家をして京を離れているが、存命だ」

少将の言葉は、紫苑の耳にも届いたらしい。紫苑も梓子の背後から顔だけ出してモノを見た。紫苑の反応を待っていると、彼女は両手で顔を覆った。

「……姉様じゃありませんでした」

その声は嘆き以上に、慕う人を偽られたことへの怒りを感じさせるものだった。

■五■

梓子は確認として二人に問う。

「もう縛ってもよろしいですね？」

顔を上げた少将は、紫苑の声に感じたように、嘆きよりも怒りが表情に出ていた。

「……ああ。これは、心の毒だ。亡き人の答えを得た気になってしまう」

少将には、黒い靄が亡くなった母親に見えていたようだ。では、答えとは、いつだったかに兼明に言っていた、死の直前の言葉の意味だろうか。

そんな風に、誰かに問いたくて問えない問いを持ったことが自分にはあっただろうか。

梓子は、ふと、美濃に居る乳母《めのと》の大江のことを思ってしまった。


すると、さきほどまで黒い靄が漂っていただけの空間に、女房の背が震えていた。その背中を憶《おぼ》えている。裳着《もぎ》の夜、多田の屋敷の者たちが祝ってくれて、梓子は上機嫌だった。着替えのために大江を捜していた梓子は、生前母が使っていた曹司《ぞうし》で、泣いている大江の背を見た。

『本来であれば、姫様の裳着は、もっと華やかで、多くの者に祝われるべきものを』

目の前に現れた大江が、あの夜聞こえなかった大江の呟《つぶや》きを口にした。

気づけば梓子は、持っていた筆を力いっぱい握っていた。

「……ああ、たしかに、これは許しがたいですね……」

梓子は、筆を構えると念を込めて、その一首を詠んだ。

「いでひとは　ことのみぞよき　つきくさの」
いいや、あの人は言うことだけは立派だが、移り色の月草のように
「うつしこころは　いろことにして」
心変わりで、色が変わってしまいますよね

『古今和歌集』にある詠み人しらずの一首である。月草で染めた衣は、すぐに色が移ってしまう。その移し色を心変わりを示すものとして使う定番表現を含んだ歌だ。歌集には恋歌として入っているが、相手の甘い言葉を、『つきくさのうつしこころ』だと軽くあしらってお断りする、恋歌特有の喜怒哀楽と一線を画した歌である。

急遽《きゅうきょ》縛ることになったので歌の用意がなかったから、直前の怒りに任せた選歌になってしまった。込めた念もいつも以上に強かったからか、言の葉の鎖が、やたら勢いよくモノに飛びついていく。

「その名、『おもかげ』と称す！」

草紙に名を記せば、言の葉の鎖がモノを草紙に引きずりこむ。

「耳心地のいいこと言ってもダメですよ。……すぐ色褪《いろあ》せます。似ているだけで、本人ではない。『おもかげ』に過ぎないのですから」

梓子は草紙を閉じると、筆を持ち運び用に作られた小さな硯箱《すずりばこ》に入れた。梅壺に仕えることになった時に、少将が梓子のために用意してくれたもののひとつだ。

その時は、まだ少将は一度しかモノを縛るところを見ていなかった。それでも、梓子が技を使う時のことをたくさん考えてくれたのだ。

紫苑だって、同じだ。内気で声が小さい彼女には、裁縫という一芸がある。着心地、動きやすさなど着る相手のことをたくさん考えて衣を仕立てるのだ。

たくさん相手のことを考える二人だから、いまはもう会えない人の聞けなかった言葉も考えてしまうのだろう。

「面影は……見ている側が見出《みいだ》すか否か、それだけで決まる存在です。ですが、誰かに見えてもそれはすぐに色褪せる代物。会いたかった人に会えるわけではないと知った以上は、もう誰も局の黒い靄《もや》に誰かの面影を見ることはないでしょう」

すべてが終わり、局の御簾《みす》を上げて簀子《すのこ》に出た梓子は、騒いでいたことで集まり、この局の様子を窺《うかが》っていたらしい女房たちに遭遇した。

「……すみませんが、もう死者には会えない局になりました」

目が合った女房に、そう告げると、彼女は驚愕《きょうがく》の表情で叫んだ。

「し、死者をも殺すとは、なんと恐ろしい！」

そもそも死者ではなかった、と説明する間もなく、局の前に居た女房たちが蜘蛛《くも》の子を散らすように去って行く。

「……なんか、新たな呼び名が付きそうだね」

後ろに居た少将が肩を震わせて笑いをこらえていた。

少将のこの予感は当たり、後日、少々興奮気味の柏に新たな呼び名を聞かされることになる。

「ついに『死者をも殺すあやしの君』におなりになられたのですね！」

矛盾に満ちた呼び名をつけられたばかりか、元の呼び名である『あやしの君』から位が上がったような扱いを受けているのは、どういうことなのか。

どうやら、梓子の汚名は増える一方で、減ってはくれないようだ。

■　終　■

今回は、正式に帝《みかど》の勅が出ていなかったにもかかわらず、勝手にモノに関わり、さっさと解決してきてしまった。その経緯の説明を含めて、御前には梓子と少将だけでなく、紫苑も平伏していた。

「そうか、見た者が思い浮かべた相手が……」

帝は呟くと、蝙蝠《かわほり》を広げ、しばらく黙っていた。

平伏したままの梓子としては、胃が痛くなる沈黙だ。勝手に動いた以上、処分を受けることになっても致し方がないが、その処分を告げる言葉がなかなか出てこないと悪いほうへ悪いほうへと考えてしまう。

だが、帝のお言葉は、予想外に冷静で穏やかなものだった。

「良いことだ。亡くなった者が現世に戻されたわけではないならその方がいい。きっと御仏《みほとけ》の近くで、魂の安寧を得ているのだろうから」

やわらかな声は、そうであることを祈っているように聞こえた。

どなたの魂の安寧を願っているのか。帝という立場は、とてつもなく多くの人々の安寧を背負っている。梓子たちがすぐに思い浮かべる一人だけではないのかもしれない。

「なるほど『おもかげ』を見出すのは、生きている我々の側か。私も後悔の多い別ればかりの道を歩んできた。私がその場に居たとしたら、果たして誰が現れるやら……」

その語尾に、几帳《きちょう》の向こうから左の女御の呟きが重なる。

「御心にもないことを」

静まり返った梅壺の母屋《もや》に、帝の小さな笑い声がした。

「いやいや、本心だよ。……って、その広げた扇の端から睨《にら》む感じ！　信じてくれなくても、ほかの誰のことも思い浮かべられないから」

そのうっとり声に、場が先ほどとは比べ物にならないほど静まり返る。

「……ほ、報告は以上ですので、下がらせていただけますでしょうか」

梓子は再び平伏すると、絞り出した声で退出の許可を求めた。

母屋を退出し局《つぼね》に戻る梓子は、残す記録の確認のために、紫苑に声を掛けた。

だが、目が合った途端深々と頭を下げられる。

「このたびは、藤袴殿に大変ご迷惑をおかけいたしました」

梓子は慌てて紫苑に頭を上げるように促す。

「大丈夫ですよ、紫苑さん。モノは縛れましたし、皆無事に戻れました。……アレは、さっさと縛るべきモノでした」

勅を待たないで動いた件に関しては、まったく無事とはいかないだろうけれど。

「それに、少将様も紫苑さんも、死者に会えるという前提で行ったから会いたいと思う死者が見えたんですよ。言い方は悪いかもしれませんが、お二人のおかげで怪異が正常に発生したんです。わたしだけでは、ただの黒い靄との睨み合いで、事象も起きなかったでしょう。そうなると縛ることもできなかったはずです。ありがとうございました」

梓子が頭を下げる。小さな嗚咽《おえつ》を耳にして顔を上げると、紫苑が両手で顔を覆い泣いていた。

「……わたくし、姉様が姉様じゃないとわかりませんでした。あれほど、可愛がってくださった方なのに、わからないなんて……」

紫苑の両手をとり、梓子は目を見てゆっくりと言った。

「……あの怪異は、一種の鏡です。映るのは、鏡をのぞいた者の思い浮かべた相手ではありますが。紫苑さんの中の姉上様が現れたのです。見分けなどつかなくて当然です。だからこそ、あの怪異の存在を許してはいけません。再び現れることのないように強く否定してください。紫苑さんの心の中の姉上様は、紫苑さんの中にだけ居て然《しか》るべき存在なのですから」

梓子は紫苑の手を包み込んだ。紫苑の目はまだ涙にぬれている。それでも、彼女は微笑んでくれた。

記録確認は後日とし、紫苑の局まで付き添った梓子が自分の局に戻ると、御簾の向こう側の定位置に少将の姿があった。

「少し聞こえたよ。あの怪異が鏡とは、わかりやすいね。覗《のぞ》く者によって、鏡面に映し出される姿が変わるということか」

少将は続けて腹立たしさを口にした。

「見る者によって節操なく姿を変える癖に、寸分の狂いもなく再現するなんて……」

そこで少将は話を止めて、御簾越しに閉じた蝙蝠で背後を指し示す。様子を窺うと、簀子を進む音が近づいてきていた。

「お、梓子は起きているな、良かった」

御簾越しに兼明が声を掛けてきた。左中弁を伴っての訪問である。

「これは、多田殿と左中弁様ではないですか。今宵《こよい》はどうなされた？」

少将がいるのを見ると、兼明は御簾の前から下がり、距離をとった。

「……右近少将様は、本当に毎回そこに居らっしゃるんだな」

それは少将にとって、宮中に流れる艶《つや》めいた噂に実がない、と言われているようなものだ。この遭遇に嫌そうな顔をしている兼明に、少将は微笑んだ。

「もちろんだとも。ここは私の定位置だからね」

言うや、場慣れの体現のつもりか、柱にもたれた。

「それで、お二人は、何をしに梅壺へ？」

少将が改めてそれを尋ねると、左中弁が梓子のほうへ問う。

「なにやら桐壺で騒動があり紫苑殿が体調を崩されたという話を耳にいたしまして、お見舞いに参りました。ですが、局が閉ざされていて。それほど、お加減が悪いのだろうかとおもい、藤袴殿にお尋ねしようと。……もしや、内裏を退出されたのですか？」

桐壺での騒ぎから一刻ほどだというのに、ずいぶんと耳の早いことだ。

「ご用向きは承りました。左中弁様がいらしたことはお伝えいたします。紫苑さんは、いまはお疲れのご様子。……病に倒れたわけでも怪我を負われたわけでもございませんので、しばらくお休みになれば、問題ないかと」

宮中にはとどまっているのだ。紫苑は退出するほどではないと言っておかねば、左中弁に怪しまれてしまう。

そう思って梓子が答えると、先に動こうとしたのは、兼明のほうだった。

「わかった。見舞うにしても明日だな。……左中弁様。今宵は下がろう」

そう声だけ掛けて、兼明はさっさと来た簀子を戻っていく。よほど、少将の近くに居たくないのだろうか。もしくは、自分が動かねば、左中弁が去らないと思ったか。

そう勘繰らずにはいられないのは、左中弁が御簾の前を動こうとしないからだった。

なにかまだ紫苑に伝言があるのかと思えば、今度は少将のほうを見て、不思議そうに首を傾げた。

「……左中弁様？」

「少しお話が聞こえてしまったのですが……その鏡を一人のものにしてしまえば、常に映る相手は同じになるから、問題ないんじゃないですか？　なぜ、右近少将殿は、そうなさらないのですか？」

それだけ言うと、左中弁は少将と御簾の内の梓子それぞれに一礼し、先を行く兼明を追って、局の前から去って行った。

幽《かす》かな衣擦《きぬず》れの音もしなくなってから、少将が再び腹立たしさを露《あら》わにする。

「それでも、アレは母じゃなかった。姿形がどれほど母そのものであっても、母でなければ、あの日の言葉の真意を問うたところで、意味がない」

要約すると、左中弁の提案には賛同できない、という話だ。

「最近ではモノ慣れてきた少将様は、そもそもモノが事象を繰り返すだけの存在だと、ご存じだったじゃないですか。……それなのに、なぜ、お一人で『おもかげ』のいる局に行かれたのですか？」

少将が亡くなった母親に会おうとしていたことは、先の発言からして間違いない。先日兼明にも話していた、母親が死の直前に口にしたという『末法』の真意を聞きたかったというのもわかる。だが、納得はしていない。

紫苑はともかく、少将はモノや妖《あやかし》がどういう状態にあるのかを知っている。特定の死者が出たわけではない時点で、姿形が安定していないモノだとわかっていたはずだ。それでも、一人で局に行った理由は何なのか、梓子はそれが疑問だった。

「……本当に死霊が現れることだってなくはないじゃないか」

少将には珍しく、歯切れの悪い口調だ。言っていることは正しいが、いま話すべきは、それではない。

「特定の誰かの死霊ではないことは、柏さんから怪異の噂の話を聞いた時点で、わかっていらっしゃいましたよね？　……少将様、これはモノを縛るのと同じ理屈です。死者に会うことは、事象の結果です。少将様には、どういう目的があったのですか？　御母上様のお言葉の真意を聞くことで、どうなるのが目的だったのですか？」

答えはすぐに返ってこなかった。御簾《みす》の向こう側、柱にもたれた少将は、手元の閉じた蝙蝠《かわほり》をしばらく見つめていた。

「私もまだまだモノをわかっていないようだ。……小侍従の言うとおり、こんなことをしても、それで問題は解決するわけがなかったな、自分が思うより、焦っていたのかもしれないね」

呟《つぶや》いた少将は、柱から身を起こすと、御簾の正面で梓子と向き合った。

「あの時の母上の言葉には、御仏のお近くで安寧を得られないのではないかと思うほどの俗世への未練が含まれていた気がしてね。だから、母上の言い分を聞きたかったんだ。……いや、私が母の言いたかったことを、ちゃんと聞いたのだという体裁が欲しかっただけなのかもしれない」

少将の手が御簾の下から内へ入り、梓子の手を摑《つか》んだ。これまでのように、そっと触れるようなものではなく、引き寄せる強さで、しっかりと手を握ってくる。

「少将様？」

少将の目が、御簾越しに梓子を正視する。

「小侍従。私は、この身にまとうモノを本気で祓《はら》おうと決めたんだ」

出逢《であ》った当初から、少将は万年寝不足を抱えようとも、その身にまとうモノを放置してきた。モノを寄せやすい体質だから、祓っても次のモノが憑《つ》くだけだと。

「……それが、少将様の目的なのですね」

頷《うなず》くその目は、いつも漂わせている眠気を感じさせない鋭い光を宿していた。

肆話

あたらよ

■序■

紫苑に巻き込まれて、あるいは巻き込んで、『おもかげ』を縛った翌日、この日、早朝から降っていた雨は初夏の大気をほどよく冷まして止み、明日の齋院御禊《さいいんごけい》の場を整えたかのように、清らかな夜気で京を満たしていた。

「……色々あったけど、なんとか賀茂祭を迎えることができそうだね。結局、祭見物の件はどうしたの？　もし、今からでも行きたいようなら、養父上《ちちうえ》に聞いてみようか？いい場所で見られると思うよ。本当は一緒に祭見物する側になりたいところだけれど、私が騎乗しているところを見たいと言っていたでしょう？　来年があるかどうかわからないから、今年の行列をぜひ君に見てほしいな」

少将の言葉に、梓子は御簾の内側で後退《あとずさ》った。軽くおっしゃるが、少将の養父は左大臣である。疑いようもなくいい場所から見物できるだろうが、さすがに遠慮したい。

「……少将様には、わたしのほかにも見てほしい方がいらっしゃるのでは？」

若干引き気味に、且つ宮中らしく遠回しな表現でお断りする。これに、御簾越しで少々わかりづらいが、少将はやや呆《あき》れているようだった。

「また新しい噂でも流れているのかい？　私たちは忙しかったのに、宮中にはまだまだ暇な者が居るようだね。今度は何条のどこの御屋敷？」

その噂に呆れる口調も、寝不足の気だるげな目元・口元に漂う色気も、いつもどおりの少将だった。噂されることに慣れ過ぎて覚えていないのか、あるいは、ちょっとどこかの局《つぼね》を訪ねるくらい彼にとって記憶に残らないことなのか。

だが、少将がいつもの彼だからこそ、梓子の記憶に残るいつもとは違っていた彼の姿が、鮮明に思い出される。

『小侍従。私は、この身にまとうモノを本気で祓おうと決めたんだ』

昨夜、決意を語ったあの瞬間だけ、彼はその身にまとうモノを完全に抑え込んで、その目に鋭い光を宿していた。いつもの彼ではなかった。

いま、こうして気になっているくせに遠回しにしか、女性がいる局に入っていく少将を目撃したことを口にできない自分は、少将の決意に見合う自分なのだろうか……。

梓子は、祭見物の件は意識の片隅に追いやり、この件に関して、しっかり確認しておこうと決めた。

「いえ、宮中です。……淑景舎近くの局にお入りになるのを見た……という噂が……」

直接自分が見たことだとは言いづらくて、やや濁した梓子に、少将が御簾の向こうで首を傾げる。

「淑景舎の局……？」

「あ、あの『すずなり』を縛った後のことのようですから、つい最近の話です」

少将に思い出すことを促して言葉を重ねたところ、ようやく思い当たったのか、御簾の向こうで蝙蝠を閉じる音がする。

「ああ、それか。……たしかに局に入ったね。うん、そこだけ見ると誤解されても致し方ないか。でも、あの局、今は誰もいないんだ。『おもかげ』の噂を柏殿が話を持ってくる前に聞いていたわけだけど、その時、まっさきにあの局で死者が現れたんだと思ったんだ。それで、一人で見に行ってみたけれど、あの局はハズレだったよ」

梓子は思わず御簾の際まで膝行《しっこう》した。

「……局に……誰もいない？」

問いかけに、少将が少し間をおいてから頷く。

「……ああ。宮中での死穢《しえ》は禁忌だ、小侍従が知らないのも無理はないか。もうだいぶ前のことだけれど、女房が一人、あの局で亡くなっているんだ。その後しばらくして、入念な祓いをしたうえで別の女房が使うことになったが……、亡くなった女房の姿を見たという噂のせいか、新たに入った女房は心を弱らせ、最終的に若くして亡くなってしまった。以来、あそこの局は誰も使っていない。当時から宮中にいる者なら皆知っていることだから、知らずに噂しているのは比較的最近宮仕えするようになった女房なのかもしれないね」

納得する少将に、完全に置いていかれている気がする。梓子は、広げた蝙蝠の裏で自身の記憶をたどる。あの日、遠目に局に入っていく少将を見た。そこには、招き入れる女衣も見えたはずだ。

「本当に、その局には、どなたもいらっしゃらないんですか？」

食い下がる梓子に、少将が小さく笑う。

「小侍従は、私が女性と会っていたかが気になるの？　ちょっと嬉《うれ》しいね」

喜色を含む少将の声とは裏腹に、梓子の声はかすれるほど小さくなった。

「……でも、見たんです。少将様がお入りになった局に女性の姿を」

柱にもたれていた少将が身を起こし、御簾の際に寄る。

「目撃したのが君自身という話か？　君に見えて私に見えない……となると、あの局には、やはりあの局で亡くなった女房が住み着いているということかな」

梓子は、御簾の下から手を伸ばし、少将の衣の袖《そで》に触れた。

「ご……ご無事ですよね？」

梓子の目は常の人ではないモノを視ることができる。だが、そのモノが人の姿をしている時、梓子には見分けがつかない。

過去、それは梓子にとって「また見間違えてしまったか」程度のことでしかなかった。しかし、今回は、その程度で済む話ではないのだ。梓子は、局に入っていく少将を目撃したあと、その場を去ってしまった。あれが、常の人でないなら、そのモノの懐に入っていった少将を放置したことになる。そのまま少将がモノに取り込まれていたかもしれない。最悪の場合、命を失っていたかもしれないのだ。

梓子は、いつの間にか少将の衣の袖を握っていた。

「あれが、あれが……『良くないモノ』だったかもしれないのに、わたし、少将様をあの場に……」

「大丈夫だよ、小侍従。私はいつもどおりだ。『おもかげ』を縛る時だって、特にほかのモノの影響はなかっただろう？」

少将の手が、梓子の手を包み込んでゆっくりと言った。

■　一　■

梓子が落ち着くのを待って、少将が改めて局で見た者に関して尋ねてきた。

「ところで、その『良くないモノ』というのは、どういうこと？」

「実は、先日、呉竹様と呼ばれていらっしゃる、古参の……とてつもなく古参の女房殿にお会いいたしまして、少しお話をした際に……」

話の途中ではあったが、少将が疑問を口にして、小さく唸《うな》る。

「呉竹殿？　古参というわりに聞いたことのない名前だな……」

少将は左大臣の猶子であり、左の女御側の人間として知られているが、右の女御や王女御に仕えるほかの殿舎の女房のことをまったく知らないわけではない。むしろ、後宮の女房のことはよく知っていて、『すずなり』を縛る場に集めた女房たちほぼ全員の、声と女房名が一致していたという。

「ええ、はい……。その、常の人ではありませんでした。ほぼ間違いなく『物《もの》の怪《け》』に至っていらっしゃる方です」

呉竹の件は、できればさらっと流したかったが、許されそうにない。梓子は、ごにょごにょと、呉竹の少ないながらもわかっている情報を話した。

「……その呉竹殿という物の怪と話した？　小侍従は、本当に危なっかしいね」

少将の声が呆れている。梓子は御簾《みす》越しでもわかるくらい大きく首を横に振った。

「危ないのは宮中です！　……その呉竹様がおっしゃっていました。良くないモノが居るから、しばらく内裏を出るのだと」

少将が蝙蝠《かわほり》を閉じて、少し考えるしぐさをする。

「……とてつもなく古参の、常の人ではない存在である呉竹殿が、内裏から出ていくほどの『良くないモノ』が宮中にいる、ということだね？」

常よりも低い声で指摘する少将に、梓子も蝙蝠を閉じて頷《うなず》いた。

「そうなります」

少将は俯《うつむ》き、簀子《すのこ》の板目を見ている。その横顔は、なにかを思い出そうとしているようにも見えた。

「……君の考えでは、それが例の局に居るモノだと？」

御簾越しに、その横顔はハッキリとは見えないが、ゆっくりと言葉を選びながら問いかける様子に、局に入った時のことを思い出しているのではないかと思う。

「わかりません。……ただ、わたしは少将様が入っていく局に女性の姿を見ました。でも、少将様はあの局は無人だったとおっしゃる。だとしたら、あの女性もまた常の人ではないのでは……と思われます」

梓子は正直に断定できないことを伝えた。見分けのつかない梓子は、自分にしか見えないか否かでしか、モノであるかどうかを判断するよりなく、証左としては弱い。

「ただ、常にわたしに見える状態であるかは、わかりません。次に、少将様が局は無人だったと判断されていることからニオイがしないということになります。……『くもかくれ』の時のように、気づいた時はすでに敵の懐の中では困ります」

梓子は、そもそも視えるモノでなければ、わからない。少将は、梓子と一緒にいくつかの怪異と対峙《たいじ》するうちに、怪異の場の空気感としてニオイのようなものを感じることができるようになった。ただ、ニオイは、漂っていなければ感じることができない。物の怪と異なり、モノや妖《あやかし》の中には、怪異事象を発生させるその瞬間だけ存在を露《あら》わにするモノもいる。そうなれば、少将がニオイでモノの存在を知覚し、警戒することはできない。

視る、ニオイを感じるとは別の、怪異の知覚が必要かもしれない。

「君の言いたいことは、なんとなく理解しているよ。私たちだけでは、厳しいんだね。

……では、もう一人のモノを感じる者にご協力いただこうか」

少将は立ち上がると、梓子が出やすいように御簾を半分あげてくれた。通りがかりの誰かに顔を見られないように配慮してくれているのだ。

少将のこういうところを、これから会いに行く人物にも知ってもらえたら……。

ため息を呑《の》み込んだ梓子は、蝙蝠を開いて顔を隠しつつ御簾を出た。

梓子が少将と向かった場所は、綾綺殿の西廂《にしびさし》だった。

近衛舎人《このえのとねり》の夜行は、南庭と大内裏をつなぐ承明門《しょうめいもん》より内側を巡行する。この夜行の初め（左近なら亥《い》の刻《午後十時頃》、右近なら丑《うし》の刻《午前二時頃》）に、今夜の宿直《とのい》当番が自分の姓名を大声でいう宿直申《とのいもうし》がある。おかげで、兼明がこれからこちらに来ることがわかるので、兼明を待つことができた。

「多田殿とは私が交渉しよう。小侍従はそのまま簀子のところで待っていて」

先だって、兼明を借りるので別の者を夜行に補充してもらえるよう左中将経由で左近衛府にお願いしてある。そちらが優先だったので、兼明には今から事後承諾で同行してもらうことになる。

「右近少将源光影と申す。多田兼明殿は、居られるか？」

少将は声を掛けながら夜行する兼明たちの足を止めた。夜行は官人一人、近衛舎人一人で巡回する。兼明と一緒に回っていた者が、少将に声を掛けられて、ひっくり返った声を上げた。

「これは、もめるかも……」

梓子は、そう思っていたが、補充がすぐに来ることを少将が伝えたせいか、わりとすぐに兼明を伴って、少将が戻ってきた。

兼明は梓子の姿を確認すると、表情を硬くした。

「つまり、モノを確認する仕事に同行せよという話ですか。承りました。ですが、あず……藤袴殿に加えて右近少将様までいらっしゃる必要はないのでは？　俺と、場所案内に藤袴殿だけで十分でしょう。右近少将様では、武官といっても、いざという時まともに動けないでしょうから。……なによりご自身が憑《つ》けているモノをどうにかしてから、ほかのモノに手を出したらどうなんです。ご自身にモノが憑いているの、ご存じなんですよね？」

兼明を連れ出すことではなく、ここでもめるとは……。梓子は、広げた蝙蝠に額を付けると、低く唸ってその名を呼んだ。

「兼明殿……」

縛る側でありながら、自身が物の怪であるかのような声を出した梓子を、少将は片手で制すると、例の圧の強い笑みを兼明に向けた。

「もちろん、存じているとも。悪いが私のコレは、私の意志で動かせるようなモノではない。寄ってくるのは体質なのでね。私が望んで寄せているわけでもないから、どうこうできない。斬ってみるかい、多田の武士。どうせ、すぐに次が憑くだけだけどね。そうなることは体験済だ」

少将の圧に数歩下がった兼明だったが、内容を咀嚼《そしやく》して逆に数歩少将に歩み寄った。

「……モノが、寄ってくる体質？」

兼明の視線が、少将の上から下までゆっくりと移動する。言葉の真意を量っているかのように。

「宮中で噂される相手が多いから女の生霊とでも思ったかな？　あいにく、こういう状態は、恋歌ひとつまともに詠めないくらい幼い頃から続いている。祓《はら》っても、祓っても次が憑く。体質というよりないだろう。……おかげで母は記憶にある限り昔から毎日念《ねん》仏三昧《ぶつざんまい》だったよ、亡くなるまでずっと、ね。それゆえの『末法』だったのかな」

兼明が押し黙る。身に覚えのあることだからだろう。兼明の場合、祖母がそうだった。幾度となく物詣《ものもう》でに行くほどに、兼明の体質を憂いていた。

少将の憑かれやすい体質を知ることは、兼明の少将に対する心証を大きく変えることになるだろうと、梓子もわかってはいた。兼明自身が、怪異に当てられて昏倒《こんとう》してしまうという、本人にも、どうにもできない体質持ちだから。

「そういうことなら……もっと早く……」

兼明の目が梓子のほうを見る。そのすがるような目に梓子は首を振って返した。

「兄様、こういうことは、わたしから言っても信じませんよねぇ？」

梓子は、子どもの頃の口調に戻って、兼明を諭した。

「そりゃそうだ。梓子から教えられても『騙《だま》されているぞ』としか言わないだろうな、俺なら……」

兼明は、自身がモノに触れて倒れる体質故に、本人じゃない誰かに『あの人は、モノに憑かれやすいらしいよ』と聞かされても、うさん臭く思うだけで信じることができない。モノに関わる体質の者なんて、『隠すに決まっているんだから人に言うわけがない』と思っているし、『そうそう居てたまるか』とも思っているからだ。

「多田殿。我々は、お互いに自分の体質を気にすることはない、ということだけ知っていればいいんだよ。……さあ、仕事をしようか」

兼明が目を見開いて、黙り込む。

一緒にいる誰かに『自分の体質を気にすることはない』なんて言われたことが、兼明には、これまでなかったはずだ。多田の家の者は誰もが、多田の統領家の末息子である兼明を可愛がり、その体質で兼明がなにか危ない目に遭わないように常に気にしていた。

兼明同様に多田の御屋敷の奥で手厚く守られてきた梓子も、兼明に気にしないように言ったことはない。言えないのだ。モノから物の怪まで、視認できる怪異は見ることができるけれど、怪異か否かの見分けがつかない梓子は、幼い頃、一緒に居た兼明が急に倒れて初めて、目の前の怪異に気づいたということがあった。その時は、大江も近くに居たので梓子の手を引き、兼明は引きずって逃げた。梓子にとって兼明が倒れるかどうかは、見えている人が物の怪か否かを知る唯一の方法だった。そして、兼明にとって梓子は、自分に視えていない怪異が視えていて、近づくことを避けるために必要な存在だったのだ。いくら乳母子《めのとご》とはいえ、男女である二人が長く一緒に過ごしていたのは、二人一緒にいるほうが危険を避けられる確率が上がるという、大人たちの考えによるものだ。

そして、たぶん、それを考えたのは梓子の母だ。

梓子が、そう考えるようになったのは、『こうげつ』の件があったからだ。梓子の母は、おそらく何か理由があって、縛った妖を物の怪として解放した。これは本末転倒の行為だ。よほどのことがあったのだと思われるが、その場面で物の怪の解放を選んだことが、母の気質《きしつ》を示しているのだと梓子は思うのだ。

母は、目的のためには、他の者ならば選ばない手段も選べてしまう人なのだ。

母のことをほとんど覚えていないせいか、梓子は冷静にそう考えることができる。

相次ぐモノ縛りもあって、なかなか進んでいないが、母の残した草紙に『こうげつ』の記述を見つければ、縛りに選んだ和歌や与えた姿形から、もっと母の考えていたことが見えてくるようになるかもしれない。

母をもっと知りたい。そうすることで、モノを縛る技を正しく受け継ぎたい。梓子は、まだわからない部分を抱えたままで技を使っている。でも、技のすべてを正しく受け継ぐことで、モノや妖といった物の怪未満の存在に悩まされる少将や兼明のような人々の苦しみを、少しぐらいは軽くすることができるかもしれない。

懐に入れた草紙の存在を、衣の上から手の平で確かめ、梓子は、強く願った。その梓子の視界の端で、兼明が少将の前に片膝《かたひざ》をつく。

「ご指示のほど、よろしくお願いいたします」

左右の差はあれども、近衛舎人である兼明にしてみれば少将は上位にいる人だ。これまでの態度は本当にどうかと思うが、ようやく兼明は、本気で少将の指示を聞く気になったようだ。梓子は胸をなでおろした。


巡回用の草鞋《そうかい》を脱いで簀子《すのこ》に上がった兼明とともに向かったのは、淑景舎のなかでも淑景北舎に近い、殿舎の北側だった。

「ここ……ですか？」

眉《まゆ》を寄せた兼明が、突如足を止める。

「兼明殿、なにかいそうなのですか？」

「いや、そうじゃないんだが……」

兼明は語尾を濁すと、そのあとは無言で局《つぼね》の御簾《みす》の前まで来た。

見た目の統一感のために、誰も使わない局であっても御簾は掛けられていて、賀茂祭に向けて葵《あおい》の葉も飾られている。そこだけ見ると、なにごともない、ごく普通の局の前に立っている気さえしてくる。

しかし、この短期間に、再び淑景舎に来ようとは。

「……ここ、『おもかげ』の局に近かったんですね」

梓子は、あの時、局に入っていく少将を遠目に見ただけなので、正確な位置は把握できていなかった。

「そうだね。淑景舎北側の東端と西端くらいの感じかな」

先に局に入ろうと御簾を上げた少将が、中の様子を窺《うかが》いながら応じる。

「あの局は北面していなかったから印象は違うね」

少将に続いて局の中に入った梓子の後ろ、御簾前に立ったままの兼明が反応する。

「……それ、いつの話だ？　二人でまたモノを縛ったのか？」

どうやら、兼明は昨夜の桐壺の騒ぎがなんだったのかまでは、左中弁から聞かされていないようだ。それならそれで、多方面に危険だと叫ばれる前にと、梓子は少将とそろって首を横に振った。

「あー、二人じゃなかったから、お気になさらず」

続く少将の言葉に今度は首を縦に振る。

「そうです、そうです。二人ではなかったですし、問題なく縛れましたので、お気になさらず」

兼明が不機嫌そうな顔で、梓子の目を見てくる。

「なんだ、その柏殿口調。……梓子の饒舌《じょうぜつ》は怪しい以外のなにものでもない」

「決めつけや偏見は武士の目を曇らせますよ。多田の統領がおっしゃっていたではないですか」

兼明の視線を避けて早口で返して、局の中を見回す。使用しなくなったからだろうか、御簾を掛けた一面を除く三方に囲み板を置いている。局の大きさなんてどこも同じはずなのに、ひどく狭く、息苦しい印象だ。

一同無言になったところで、少将が助け舟を出してくれる。

「やはり、誰もいないね。……ニオイもしない。小侍従は？」

梓子も確認を次へと回す。

「誰もいらっしゃらないように見えます。……兼明殿は、問題なく？」

兼明は御簾を入ってすぐのところに立ち、腕を組んで瞑目《めいもく》した。

「俺もここまで入ったけど、いまのところクラッともきていない」

三人とも、自身の感覚には何もないことを確認し、その上で、局の中央を見つめる。

「……ただ、この局には何もない、というわけではなさそうですね」

梓子は蝙蝠《かわほり》を広げた。そこを直視していたくない感覚が、そうさせる。

この局は、誰も使っていない上に、物置にもされておらず、あるのは床板のみ。それだけの局だが、ほぼ中央にまるで円座を燃やしたような丸くて黒い焦げ跡がある。

「そのようだね。でも、ここ最近後宮で小火《ぼや》があったなんて話は、どこからも聞いていないな。……多田殿の見解は？」

問われた兼明は、局の中央まで歩み寄るとしゃがみこんだ。

「小火の話はこちらにも来てないです。だいたい、意図せず火が出たとしたら、こんなきれいな形になりますかね？……いま、ここにモノはいない。だけど、誰かが呼び出そうとした跡のように俺には見えますよ」

少将が兼明の指さすあたりを見据える。

「こんな焦げ跡は、先日来た時にはなかった。……あれから今日までの間のどこかで、誰かがここに来たということだね。多田殿なら、呼び出しに成功したか失敗したか、わかるかい」

少将が兼明にそう尋ねたのは、彼が多田の者だからだった。

多田の家は、京の外まで物の怪《もののけ》退治に出ていく剛の者の集まりであるが、同時に京でも指折りの怪異慣れした家でもある。

梓子も少将も、モノに関わる身であるが、多田の武士に比べたら、まったくモノ慣れしていない部類に入るくらいだ。多くの者が寝起きし、生活しているとはいえ内裏は京のごく一画でしかない。それでも怪異の噂が日々、途切れることなく流れているわけだが、内裏の外、時に京の外で怪異と向き合う多田の者は、経験した怪異の場数が桁違《けたちが》いに多い。そのため、彼らは術や技の領域を超えた知識量と研ぎ澄まされた感覚を持っているのだ。

怪異に当てられて昏倒《こんとう》する兼明だが、多田の者である以上、そのあたりきっちり鍛えられている。床に顔を近づけ、焦げ跡をじっくりと見つめている。

「……たぶん失敗していますね。雰囲気的には準備不足だと思います。儀式的に正しくなかったから、焦げ跡なんてものが残ったんじゃないかと。この手の痕跡って成功していると、焦げたりしないんですよ。あと、俺が倒れていないってことは、残滓《ざんし》もないということになります。なにかを呼び出そうとして、結局呼び出せなかったというところでしょう」

兼明は立ち上がり、ほかにもなにか痕跡がないか周囲を見回す。

「……残滓か……。小侍従にも残滓は見えない？」

兼明とは逆に、少将はその場にしゃがむと焦げ跡に顔を近づける。ニオイを確かめているのかもしれない。

「はい、見えません。……少将様は、残り香のようなものを感じますか？」

梓子の問いに立ち上がった少将だったが、しばし首をひねる。

「モノの残り香だと思えないけれど、幽《かす》かに薫物《たきもの》が……。この合わせはどこかで……。まあ、季節的にどこも風を通すから、ほかの局から流れてくる匂いかもしれないから大丈夫かな。でも、安心はできない気がする」

少将が言う薫物がモノの残り香ではないとすると、この場に常の人がいたことになる。この痕跡を残したのは、その何者かなのだろうか。

「そうですね、いま誰もいないとか、失敗しているとかで安心するというのは、早計でしょう。これは……とても良くないことをしようとした痕跡に見えます。兼明殿が言うように、この局でなにかを呼び出そうとしていたなら、大問題です」

梓子が同意を示すと、兼明も同意と提案に手を軽く上げた。

「これは、専門家に見てもらうべきだと思うぞ」

結果は失敗しているようだが、『なにかを呼び出そうとしていた』以上、それは、呼び出されるような名を持つ存在だ。すでに物の怪に至っていると思われる。だとしたら、それは、梓子の縛れる対象範囲の外側にいる。

「私も多田殿と同意見だ。……ついでにいうと、長居もしたくないね。すぐに出よう」

少将が、すぐに踵《きびす》を返す。ここをすぐに出ようという意見に、梓子も兼明も同意した。

■　二　■

清涼殿には、蔵人所の陰陽師である左京権大夫が呼ばれていた。

話の内容が内容なので、耳目の多い殿上の間ではなく孫廂《まごびさし》側に集められた。御簾の向こう側、梅壺に来ているときよりも幾分表情を引き締めた帝《みかど》が座していらっしゃる。御簾前の面々も表情を引き締めていた。もっとも、梓子の母方の祖父である左京権大夫は、どちらかというと渋い顔をしている。

「淑景舎の局に……？　良くないですね」

少将からの報告を聞いた左京権大夫は、考えごとに俯《うつむ》きながら呟《つぶや》いた。

「失敗しているなら問題ないというわけではないのか？」

帝の問いに左京権大夫は首を横に振った。齢《よわい》八十を超えてなお強い声で断言した。

「淑景舎は、東宮にお仕えする女性たちの局がある殿舎です。そのような場所で、モノを呼び出す行為は、東宮妃に、ひいては東宮様の御身に良からぬ影響を与えるでしょう」

左京権大夫は梓子を振り返る。

「確認ですが、藤袴殿。貴女《あなた》の目にモノの残滓も視えませんでしたか？」

梓子は深く頭を下げて報告した。

「はい、残滓を視ることはできませんでした」

左京権大夫は、視線を天井に向けてから、瞑目する。

「見えない、ニオイがない、感じない。それでも全員がその場で何かがあったと思った
……ということは、間違いなく何かが行なわれたのでしょう。それも良くないことが。

にもかかわらず、藤袴殿に『視えない』ということは。見せないような何かがある」

改めて危険性を口にした左京権大夫は、再び御簾《みす》の前に平伏した。

「藤袴殿に視えなかったということは、モノが特性として『見ること』を阻害する力を有している可能性があります。そうなると、東宮様の御目に良くない影響を及ぼすかもしれません。すぐに陰陽寮《おんみようりよう》から人を呼び、調べさせます。……ただ、明日は齋院の御禊《ごけい》の日のため、道々に問題がないかを確認に出しておりますので、人が揃うのは明け方に

なってしまうかと」

日が良くなかった。明日は賀茂祭に先立つ斎院の御禊の日だ。これは、賀茂川のほとりに場を設けて斎院の禊《みそぎ》の式を行なうものである。斎院の移動には、前駆が定められ、その行列は賀茂祭当日に次いで多くの見物人が出る。

「問題の局には、陰陽寮の者たちが入るまで、人が近づかないように見張りを手配せよ。……賀茂祭は大事な祭事だ。斎院に障りがあってはいけない。些事《さじ》であれ、何事もあってはならない」

帝は近くの者にそれを命じると、改めて梓子たちのほうを向いた。

「三人は、それぞれに良くない場に立ったのだ。祭の前に禊をしっかり行なうように。特に行列に加わる少将は念入りに。よいな？」

三者三様に平伏して体を起こすと、それを眺めていた左京権大夫が兼明をじっと見つめていた。

「多田家の兼明殿か、ご立派になられたな」

左京権大夫は多田の家とのつながりが深い。多田の統領や郎党が、京の外へ物の怪退治に向かう際に、その居場所を占うのは左京権大夫だからだ。

その縁から、梓子の乳母《めのと》を多田の家に頼んだのである。祖父は数いる多田の郎党の誰かの妻にお願いできれば……と思っていたらしいが、多田の御屋敷ではちょうど統領の妻が三人目の男児を産んだばかりだった。これが、梓子の乳母となった大江である。その男児であり、梓子の乳母子でもある兼明も、幼い頃から左京権大夫と面識があった。ただ、最近では、左京権大夫も高齢を理由に主な仕事は次代へ引き継いだという話なので、兼明と顔を合わせるのは久しぶりのようだ。

「それで、兼明殿。……今回の件、どうお感じになられた？」

それを兼明に尋ねるのは、やはり多田の者の感覚を信頼しているからだろう。

「すごく嫌な感じがしました。あの空気だけで悪いモノを呼びかねないと思います」

兼明の答えに、梓子は少将と視線を合わせた。口にしなかっただけで、皆同じことを感じていたことを確認する。

「……少将たちも、多田の者と同意見なのかい？」

帝がこちらの様子を見て問うので、少将が肯定した。

「賀茂祭の間は、宮中も見物に出るものが多く、人が少なくなるので、周辺への影響は少ないとは思いますが、祭が終わりましたら、すぐにでも陰陽寮の方々にご対応いただきたく存じます」

帝が御簾越しに左京権大夫を窺《うかが》う。

「我が家の者に調べさせましょう。……孫の代も皆なかなかに育ってきておりますので」

この件を引き取った旨を返せば、帝は『任せる』と短く言い置いてから、殿上の間へとお移りになった。

平伏して見送った梓子たちはそれぞれに顔を上げて、清涼殿を退出することになったが、左京権大夫から呼び止められた。

「藤袴殿。……貴女の目は我々術者の目とは異なり、モノの視界に寄せられている。あるいは、モノと視界を共有するという類《たぐい》の目です。だから、物の怪も世の理《ことわり》から外れた存在として視ることができない。貴女がその場で何も視えなかったのであれば、そのモノは目として機能する部分がない可能性があります。気を付けなさい、『貴女に視えない』ことが、その場にモノがいないことの証《あかし》にはならないのですから」

穏やかに諭す声なのに、冷や汗が出てくる。

視えていないからといってモノがいないわけじゃない。それは、視えても見分けがつかない以上に怖い状況だ。宮仕えしている日々、それ自体がすでに危ないことをしているのだと自覚させられる。

「……はい。心に刻みます」

梓子の答えにひとつ頷《うなず》くと、短い挨拶《あいさつ》だけして左京権大夫は陰陽寮に行くからと、その場を去った。

「厳しいね。……孫娘を危険に近寄らせたくない気持ちは、当然と言えば当然だけど」

少将は、自身も叱られたかのように苦笑を浮かべていた。

「そうでしょうか。たしかに、母方の祖父ですが、つながりは弱いです。祖母は祖父の正妻格ではなかったそうですから。それに、祖父の家の術は男児が継ぎますが、祖母・母・わたしと継いできたモノを縛る技は女系で継ぐものですから、その方面でも関わりがほぼないです。……ただ、囲われていた屋敷から逃げた母が駆け込みわたしを産んだ後、多田の家に乳母の手配をお願いしてくれたのは、あの祖父ですから、孫の一人として数えてはくれているのだと思います」

宮仕えを始めるにあたって、大江と挨拶に行くまで、祖父と梓子の関係は、ほぼ断絶していた。おそらく、多田の統領家の末息子としての兼明のほうが、関わりが深かったと思える。そう考えると、純粋に怪異に関わる者同士としての忠言であったように思える。

「なるほど。蔵人所の陰陽師の言は重いね」

蔵人所の陰陽師である左京権大夫は、陰陽寮所属の陰陽師を含めた官人陰陽師の最高位にあるのだ。

「そうですね。……ご存じのとおり、わたしに術者の才はございません。怪異に関わるには足りないと思うことも多いのでしょう。先ほどのお話でいくと、わたしの目は術者の目とは異なるもののようです。モノの視界に寄せられているから、見分けがつかないのですね。……今後は、これまで以上に気を付けなければなりませんね」

梓子は納得してそう言ったのだが、兼明も少将も眉《まゆ》を寄せていた。

「そういうの、もっと早く言っておいてほしいよな」

珍しくも、兼明の言葉に少将が同意を示す。

「そうだね。これまでも小侍従にモノが見えないことはあった。それがその場に『モノがいない』ということにはならないのは『くもかくれ』で感じていたが……。やはり、危ないな。もっと、早く知りたかったというのはある」

　梓子は慌てて二人を宥《なだ》めた。

「祖父としては、宮仕えするにしても、ここまでモノに関わるとは思っていなかったのではないでしょうか。なにせ、大江でさえ、わたしがただ母の技を継ぐだけにとどまらず、主上の勅でモノに関わるなんて思っていなかったみたいですから。『もものえ』の件で典侍様が美濃に送った文への返信を見せていただきましたが、焦ったのか混乱しているのか、筆が乱れておりました。大江は、わたしが父親に見つからないよう、屋敷の外に出すことを避けていました。それというのも、母は大江だけにわたしの父親が誰であるかを話していたそうなので、相手の権勢の強さを警戒していたんです。……ですが、父が政治家として潮目が悪くなったので、もうわたしが表に出ても問題ないだろうと思い、わたしの宮仕えを考えたんだそうです。年齢的にも、理不尽に引き取られて入内《じゅだい》させられる歳ではないですから。だから、『もものえ』で父と関わった話に相当驚いたみたいで」

　大江は、梓子が宮仕えで、殿上人のどなたかと縁を得て、たとえ父に見つかっても対抗できる後ろ盾を得ることを期待していたそうだ。それがまさかの左大臣家から入内した左の女御付の女房となり、さらには、帝の勅を賜る者という、とてつもなく強力な後ろ盾を得ることになるなんて思ってもいなかったと文に書かれていた。そこには、母の技を本当に継げるとは考えていなかったとも書かれていた。ほとんど母親のことを憶《おぼ》えていない梓子に、大江が話し、母の遺品として渡せるものは、母がモノを縛る話と草紙や筆だけだったから。

「そこは、『あかずや』で君を巻き込んだ私が責めを負うべきところかな。まあ、君の乳母殿が宮仕えの機を計って、送り出した気持ちもわかるよ。若くして内大臣にまで昇られたあの方の権勢は本当に強かった。いまでは、『もものえ』の件がなくても内大臣止まりだっただろうと思うほどに准大臣様は勢いを失われた」

帝がかつてご寵愛《ちょうあい》だった故中宮は、流行《はや》り病に罹患《りかん》後、最終的にお心を弱らせてお亡くなりになった。その大きな要因は、兄である准大臣の言動にあったと、いまでは言われている。そのように言われるようになったのも、『もものえ』以降、政治的な勢いを完全に失ったことが大きいのだろう。

ただ、帝は公正な判断をなさる方でもあるので、准大臣への評価や処遇が、その兄弟、子に及ぶことはない。もっとも、個人の贖罪《しょくざい》を兄弟・子に広げると、ほぼ一つの氏で占められている京の政治は、すぐに崩壊することは目に見えているので、なさらないとも言える。

「それにしても、感覚が寄せられるという考え方があるのか。私がニオイを感じるのもそちらに近いのかな？」

少将は、身にまとう黒い靄《もや》がはっきりと視えるわけではないが、憑《つ》かれている気配は感じているので、自分の衣を見下ろした。

自分が感覚を寄せられるなら、憑いているモノの感覚だろうと思っているようだ。

「視えなければ、におわなければ、倒れなければ……か。俺たちは、相当危ないことをしているんじゃないですかね？」

兼明が改めて危険性を問う。

「……そうだね。ここからは大人しく専門家に任せよう。私たちは、もうあの場所に近づくべきではない」

そもそもあの場所に行くことになったのは、梓子が視たと言い出したからだ。今回は視えなかった。ニオイもなく、残滓《ざんし》も感じられなかった。ただ、それがあの場所にモノがいないことにはならないわけだから、二人を危ないことに引き込んでしまった。

「少将様、兼明殿。お忙しいのに、お付き合いいただいてすみませんでした」

梓子は血の気の引いた顔を見られたくなくて、意識して深く頭を下げた。

「大丈夫だよ、小侍従。君が一人で行って何かあった時のほうが怖い。……それに、斎《さい》院御禊《いんごけい》の前日からでも祭に専念できるのだから、なにも悪くはないよ」

少将が軽く言って、梓子に頭を上げるよう促す。

「それで、祭見物の件はどうする？　紫苑殿と行かないようなら、さっき言ったように左大臣様の祭見物に同乗できるよう口添えするけど」

話題を変えてきた少将に、兼明が乗っかって胸を張る。

「いやいや、例年多田の屋敷で物見車を出しているのですから、見に行くなら今年も多田の家で車を出しますよ。そりゃあ、左大臣家には負けますが、うちだって結構いい場所とりますし、祭見物なんですからくつろいで楽しまないと」

笑顔の睨み合いに、梓子は再び頭を下げた。

「お誘いはありがたいですが、左中弁様のお話も含めて、お断りしようと思います。今年は祭見物に行かず、万が一に備えて宮中に残ろうと思います」

梓子が下げた頭を上げるよりも早く、少将が反対してきた。

「それは駄目だよ。君が誰かと祭見物に行くというのは気に食わないが、君が宮中に残るよりは、はるかにましだ。今年も絶対に見物に行くべきだ」

その強い口調に驚いていると、兼明からは真顔で否定される。

「そうだ。宮中に残るとか、あり得ない。絶対にダメだからな！」

なぜ二人して……。戸惑う梓子に、少将が畳み掛ける。

「君は、その『万が一に備えて』で残ったあげく、なにかあったら一人で動くつもりだろう？　それは、とても危ないことだ」

「そうだぞ。梓子は一人にしておくと危ない。祭が終わるまでは、必ず誰かといてくれ」

詰め寄ってくる二人に、梓子は思わず笑ってしまった。

「……なんだかんだで、お二人は同意見であることが多いですよね」

同時に身を引いた二人が、それぞれにため息をつく。

「不本意だよ。……でも、それが君のせいだと、君がわからないうちは、これからも彼とは同意見になることが多いと思うね」

先までの意見と異なり、急に梓子のせいである、と言われる。

何が自分のせいなのか。わからずに首を傾げる梓子に、兼明が頷いて見せる。

「俺も不本意だが、まったくもって少将様と同意見だ」

やはり二人は意見が合うではないか。梓子は、また笑うよりなかった。

■三■

局《つぼね》に戻った梓子は、今日あったことの記録を書いていたが、筆を置くふとした瞬間に、局で見た痕跡《こんせき》のことが頭に浮かぶので、ついつい考えてしまう。

あの場所で、なにがあったのだろう。呼び寄せようとしているのが、物《もの》の怪《け》であるなら専門家の出番で合っている。祖父やあの家の方々にお任せすればいい。

でも、たぶん、あれはモノや妖《あやかし》の類《たぐい》を寄せようとした跡だ。

「なんで……、そう思うんだろう」

知っている気がする。同じことが、最近もあったように思えるのだ。

「とにかくたくさん、て……。もしかして、『すずなり』？」

梓子が気になっていることのひとつひとつが、徐々に繋《つな》がっていくような感覚がしている。

その思考を邪魔するように、御簾《みす》の向こう側を近づいてくる足音が聞こえてきた。

なにごとかと顔を上げた梓子は、端近まで膝行《しっこう》し、外の様子を窺《うかが》おうとした。

だが、足音の主は、梓子に気づき、足を止めた。

「藤袴殿？」

「これは……左中弁様。ちょうどよかったです、祭見物の件ですが……」

お誘いのお断りをしようとしたら、御簾の向こうの左中弁が焦った様子で問いかける。

「ちょうどいいところにいらした、藤袴殿。すまないが、紫苑殿を見かけなかったか？」

その内容に、梓子は自ら御簾を捲《まく》り上げた。

「紫苑さん？　彼女が何か？」

驚いた顔をした左中弁だったが、すぐに手持ちの蝙蝠《かわほり》を広げ、梓子に差し出した。

「そ、その……祭見物のことで話をしていたんだが……急に……消えてしまった」

自身は顔を背けて、礼儀を守ろうとする。

文のひとつも寄越《よこ》さずに挨拶《あいさつ》に来た人物が、今更になって宮中の常識に則《のっと》ろうとするとは……。物事の順序がおかしな人だ。

「どのように消えたのですか？　絵巻物に吸い込まれでもしましたか？」

梓子は自分の蝙蝠を広げて顔を隠すと、そのまま左中弁に詰め寄った。

「え？　どういう状況ですか、それ？　……いや、その瞬間を見たわけではないので、なんとも。節度として、御簾の隔たりはありますから」

例が良くなかった。梓子は詰め寄った状態から一歩引いてから、再度尋ねた。

「御簾の内側に居た方々はなんと？」

男性が苦手で内気な紫苑が、御簾の隔たりがあろうとも、殿方と一対一で話したとは思えない。紫苑の傍らには、誰かがいたはずだ。

「いや、紫苑殿の局ではなかったので、誰も。その……私の立場というのを考慮してくれて、彼女の家の関係で持っている直廬《ちょくろ》をお借りしていたから」

なぜ、紫苑と左中弁の接近を良く思っていない紫苑の家がそんなことを許したのだろうか。梓子は蝙蝠の裏で眉《まゆ》を寄せた。

「浅慮を承知でお聞きしますが、お二人でどのようなお話を？」

左中弁は、苦笑いを浮かべた。

「浅慮だなんて、そんな。自分のことですからもちろん話せますよ。……紫苑殿が消える直前は、彼女の姉の……私にとっては亡き妻の話をしていました。紫苑殿は、いつも以上に言葉少なく、桐壺での一件でお心が不安定になっているのではないかと感じました。……もしかしたら、なにか思うところがあって、自ら直廬を出て行ったのかもしれません。藤袴殿、一緒に紫苑殿を捜してくれませんか？」

自ら場を離れた可能性はなくはない。紫苑は『おもかげ』を縛るその場に居たのだ。モノが起こす怪異の事象に触れたことで、心になんらかの影響を受け、それが今になって出たのかもしれない。

「わかりました。ご一緒いたしましょう」

梓子は、一旦《いったん》局に戻ると宮中を歩き回ることになるので礼を欠かないよう、裳《も》を付けた。そして、念のために草紙と持ち運び用の硯箱《すずりばこ》を懐に入れる。

「お待たせしました。……それでどこへ向かおうと？」

梓子が準備を整えて御簾の外に出ると同時に、左中弁が簀子《すのこ》を歩幅広めで歩きだす。

「もしかしたら、紫苑殿は姉の話をしているうちに、姉に会いたい気持ちが高ぶって、衝動的に姉がかつて使っていた局に向かったのではないか、と思って……」

左中弁が急ぎ進むのに、女房装束の梓子は必死についていった。

「……かつてお使いになっていた局ですか。では、いまお使いの方にもご協力をいただきましょう！」

モノを縛る技はあるが、人を落ち着かせる技は持っていない。もし、前回関わったモノの影響によって心乱れる状態にあるならば、『くもかくれ』の時の夕顔《ゆうがお》のように何かが憑いている可能性もある。モノが器を得ると、仮であっても姿形持ちになるので、そのままでは、名と姿形を与えて草紙に縛ることができない。縛るには器からモノを引きはがす必要があるのだ。琵琶《びわ》からモノを引きはがして縛った『あかずや』に対するやり方と同じだが、人を仮の器にされると、格段に難易度が上がる。琵琶や絵巻物、桃の木は自ら動き、暴れるということはないからだ。

「いや、いまは誰も使っていない局なんです。けっこう前の話になりますが、その局で死穢《しえ》が出ました。もちろん陰陽寮《おんみようりよう》の者がしっかりと祓《はら》って問題なしという話になったから妻が入ったわけですが、結局彼女は若くして亡くなりました。……以来、誰も使っていないのです」

それは、少将から聞いた話と同じではないだろうか。

「もしや、向かっているのは、淑景舎の北側……？」

すでに先を歩く左中弁には、呟《つぶや》き程度では届かぬほどの距離がある。

置いていかれまいと急ぐ梓子が、つい数刻前に見た風景から改めて目的の局がどこであるかを認識したころになって、左中弁が足を進める速さを緩め、呟いた。

「……そう。妻は、右の女御の妹君で東宮妃の一人に仕えていたのですよ」

そこは、御簾が掛かっているのに人気のない暗い局。数刻前に、少将と兼明とともに足を踏み入れ、もう近づくべきではないと言われた場所だった。

身体が近づくのを躊躇《ためら》って、足が止まる。

「……藤袴殿、どうされました？」

御簾を上げかけた左中弁が梓子を振り返る。その背後、御簾の奥に横たわる女房装束が見えた。

「紫苑さん？」

上げかけの御簾を潜って局に入った梓子は、すぐさま駆け寄り、声を掛ける。

「紫苑さん！　目を開けてください！」

目を開けたものの、うつろな視線で梓子を見ている。正気を失っているのとも違う、目と目がしっかりと合わない感じが、モノの影響を思わせ、不安になる。

「左中弁様、御簾を下げずに上げていてください！　紫苑さんを簀子まで」

とにかく局から運び出そうとした梓子の目の前で、御簾が下ろされる。

「左中弁様？　……なにを」

「いや、これでいい……」

低い声に混じる喜色に、無意識のうちに紫苑を抱きしめていた。

「ようやく、すべてがそろった。……これでもう一度、彼女に会える！」

左中弁が天井を仰いで笑う姿に、梓子は宮仕えで学んだはずなのに、忘れていたことを思い出す。

常の人は常の人で、モノとは別方向で怖い存在である、ということを。

■　四　■

左中弁が、紫苑を抱きしめる梓子に歩み寄ってくる。

「兼明殿の言っていたとおりだ。自分のことには無頓着《むとんちゃく》だが、他人の窮地に身体が動いてしまう危うい気質の持ち主。私には到底理解できないが、非常に助かったよ。黄泉平《よもつひら》坂《さか》からの道を繋げるためには贄《にえ》となるモノや妖が数多く必要になるそうだから。まあ、そこは藤袴殿がいればいくらでも寄ってくるというもの」

死者を黄泉《よみ》の国から呼び出すための贄となるモノを寄せるために自分を使おうと言うのか。申し訳ないが、むしろモノからは避けられている身なのだが……。

「これだから、噂なんて……」

梓子は、紫苑に言われた呼び名『百鬼を従えし君』を思い出し、腹立たしさを抑えきれず呟いた。

「黄泉路《よみじ》を通って現世に現れる方とは、わたし、むしろ相性が悪いのですが」

なにせ、梓子が受け継いでいる筆の軸は、イザナギノミコトを追いかけて黄泉路から現世に出てきた鬼を祓ったとされる桃の木を使っているとされているのだから。

梓子は、視線だけ動かして、周囲を改めて確認する。少将と兼明と三人で来た時にも見たが、この局《つぼね》は使うことのできない局として特別に区切られていて、御簾《みす》の掛けられた面以外の三方を天井まである板で囲っている。助けを呼んでも几帳《きちょう》で区切られているのとは異なり、人が来るまでに時間がかかる。その間に、左中弁になにをされるかわからない。助けを呼ぶにも機をよくよく見定めねばならない。

「藤袴殿が来たことで準備は終わりました。……では、はじめましょうか」

何を始めるのか、と問いたくない。わかっているからというより、聞きたくないからだ。死者を呼び出すなんて、梓子には左道（邪道、妖術《ようじゅつ》など）の所業としか思えない。

だが、左道である外術にも外術なりの手順というものがある。左中弁は『すべてそろった』と言った。では、『死者を呼び出す』上で、梓子が贄ならば、紫苑の役割は？

「まさか、……紫苑さんを依代《よりしろ》にする気ですか？」

死者を呼び出しても、肉体がすでにないため、現世での形は安定しない。だから、器が必要になる。

「似てないので避けたかったが、致し方ない。良い器は、失ってしまったのでね」

良い器を失った。すでに一度は依代を用意していたということか。

「まさか、この局の痕跡《こんせき》は、その時の……。左中弁様、そこまでして、北の方様を現世に御戻しになるおつもりですか？」

許されないことだ、そう続ける前に、左中弁が梓子を睨《にら》み据える。

「そこまでして？ そのとおりだ。……本当は、もっとひっそりと行なうつもりだった。けれど、そのための準備をすべて台無しにされた。藤袴殿、君が台無しにしたんだ」

そうか。これは、わたしが準備を台無しにしたから取らざるを得な……ん？

「え？ わたしが……ダメに、したんですか？」

この局に入った時には、すでに失敗の痕跡があった。梓子は首を傾げた。

「妻の魂を呼び出すのは、この局でなければ難しかった。だから、呼び出したあとに、私の屋敷に連れ帰るための道を用意した。……あれを閉ざしたのは君だと、兼明殿から聞いている」

それは、もしや『きざはし』のことだろうか。道を閉ざしたのは、たしかに自分だ。そうか、あれは出口専用だったのか。あれを使って、宮中にモノが入ってくる可能性を考えていたが、外から来ることはなかったのか。モノの侵入がなかったことに、梓子は良かったと安堵《あんど》した。左中弁は、間違いなく「良くない」と思っただろうが。

「それだけじゃない。……彼女が戻るための黄泉路を開くには、黄泉の奥底からこの局に通じる道を通す必要があった。さらには、その道を安定させるために、贄で埋め尽くさねばならない。そのためにあれだけ集めたモノを、すべて消し去ったのも君だ」

そのための『すずなり』だったか。だが、あれだけの贄を集める必要があったとなると、梓子が、本当に『百鬼を従えし君』であったとしても、贄を用意するのは厳しいと思う。

ただ、そう並べられると、梓子は確かに、左中弁が準備してきたものを、ことごとく潰《つぶ》している。恨まれて当然と言えば当然。だが、逆も当然だ。

「貴方《あなた》がしようとしていることは、わたしではない誰かであっても、潰そうとするはずです」

そう言いながら、紫苑を左中弁の視線から隠す。女房装束の梓子に紫苑を抱えて逃げ切るのは難しい。紫苑が目覚めてくれれば、助かる。多少、ふらふらしていてもいい。とにかく、御簾から出さえすればいい。そのために、先ほどから左中弁の視線を避けて、紫苑を揺さぶってみてはいるのだが、反応らしい反応はない。

せめて、御簾の外へ。梓子は視線だけ左中弁の背後に向けた。

おそらく、この局自体がモノの場になっている。この状況は、『くもかくれ』でいえば、絵巻物の中、『もものえ』でいえばあの桃の木の下にいるのと同じだ。場の外に出なければ、紫苑を助けることはできないし、モノを縛ることもできない。なにがなんでも、御簾の外に出なければ。

梓子の焦りが見えるのだろう。左中弁は余裕のある表情で返す。

「そうかもしれない。だからこそ、こうしたんだ。物の怪《もののけ》であれば、陰陽寮《おんみょうりょう》の者たちが出しゃばってくるだろう。だが、彼らや仏僧を呼んできても、モノや妖《あやかし》であれば、対処はできない」

左中弁が怪異の段階をわかっているとは思わなかった。少将並みにモノ慣れているのか、あるいは誰かの入れ知恵か。いずれにしても、反魂《はんごん》を成功させるわけにはいかない。

「……そうしたら、モノと妖専門のわたしが出張ってきたということですか。詰めが甘いのでは？」

「藤袴殿こそ、この局に自ら飛びこむなんて甘いのでは？　私の背後の御簾以外に出入り口はないというのに。まあ、その甘さのおかげで、私は、ようやく亡くなった妻に会えるので、悪いことではないですが」

これで詰んだなんて思うものか。こちらだって、それなりにモノ慣れしているのだ。

「お言葉ですが、『おもかげ』は……、死者を呼び出せるモノは、本当に死者を呼び出しているわけではありませんよ。同じことをしたところで『会える』わけではない」

「承知している。……だから、言ったじゃないか。私の目に映るままに固定すればいい。これで見た目を固定できれば、中身は黄泉路を戻ってきた彼女の魂を入れればいい。これで見た目も中身も、彼女だ」

　そういうことか。『おもかげ』も準備のひとつだったのだ。

　おそらく、『おもかげ』は魂魄《こんぱく》の『魄』にあたるものだったのだろう。魂魄は、精神を司《つかさど》る『魂』と、肉体を司る『魄』の二つの気を合わせて成立する。現世に呼び戻した『魂』を、見た者が思い浮かべる姿形をとる『おもかげ』という『魄』に入れて安定させてから、人の器に入れる。すると、何者かにとり憑《つ》かれた人が、その姿に見えるということがあるように、中身の魂魄が表に出てくる。

　だが、すでに『おもかげ』は使えない。左中弁は、梓子を贄に、紫苑を器にして、新たな怪異の事象を発生させようとしている。阻止のためには、どんな事象を起こそうとしているかを知らなければならない。

「……紫苑さんを祭見物に誘ったのも、これが狙いですか？」

　梓子は問いかけながら、紫苑を抱きしめていた腕を緩め、体勢を変えた。

「最初にお誘いしたのは、妻に会わせてあげようと思っただけだ。紫苑殿は、姉上に会いたいだろうから。……実際、会いたがっていたでしょう？　貴女《あなた》さえ大人しくしていてくれれば、二人は再会できるんですよ」

美談のように語るが、死者の魂と入れ替えに紫苑の魂を追い出すということは、紫苑を死に至らしめる行為にほかならない。

「紫苑さんを器にすることは、彼女の魂をこの身体から追い出すことじゃないですか。左中弁様、あなたは本気で二人を会わせる気なんてなかったのでしょう？　本当の目的は、もっと違うところにあるんじゃないですか」

左中弁の口の端が奇妙に上がる。

「目的？　何度も言っているじゃないですか、亡き妻に会うためだと」

「会うだけなら現世に器まで用意する必要はありませんよね？　会うだけなんてありえない。あなたには人に言えない目的がある。……でも、そんなこと、させませんよ」

梓子は少将に横抱きされた時を思い出し、紫苑を両腕で抱き上げた。

斎院《さいいん》の御禊《ごけい》の前日で見物の車を出すため、自分の屋敷に戻っている者もいて、宮中全体がいつもに比べて人が少ない。

「なので、遠慮なくいかせていただきます！」

叫ぶと、すぐ近くの囲い板を確認し、梓子は紫苑を抱えて後ろに下がった。まず、女房装束を着たままで、同じく女房装束を着た人を抱えて動けることに、左中弁が呆然《ぼうぜん》としている。

「武家育ちを、甘く見ないでください！」

畳み掛けるように梓子は局の囲み板を蹴《け》り破った。

■　五　■

梓子の気合を込めた叫び声のせいか、あるいは囲み板を蹴り破った音のせいか、紫苑が目を覚ました。だが、状況を把握できていない彼女は、呆然と周囲を見回すばかりだ。

「紫苑さん、逃げますよ！」

とっさに梓子の裳《も》を捕えた左中弁の手から逃れるため、梓子は自身の裳を結ぶ紐《ひも》をほどき前へ進む。

急ごしらえだろうと、もう一度準備をした以上、どこかに『きざはし』に類する、取り戻した亡き妻を誰にも知られずに連れ出すためのモノを用意しているはずだ。

考えが正しければ、『きざはし』を降りた先の道は、進もうとする者が思い浮べた相手のいる場所に繋《つな》がっている。宮中の人が少なくなっていても、内裏の夜回りはいつも通り行なわれている。夜回りに戻った兼明も宮中のどこかにいるはずだ。彼のいるところに出れば、梓子の頭の中までは見えない左中弁には、どこに向かったかわからず、追ってくることはできないだろう。

それに、出た先までは怪異の影響を受けない。匿名の殿上人や梓子に遭遇した兼明は倒れなかった。だから、多田の家の本領を発揮してくれるはずだ。

「行かせるかぁ！」

動きにくい女房装束では、裳を外しても、局《つぼね》の目の前の簀子《すのこ》に出て、その欄干に触れるところまで行くのが限界だった。

「紫苑さん、庭へ降りてください！」

なんとか紫苑を欄干の向こう側に下ろすも、そこで、追いついた左中弁に袴《はかま》の裾《すそ》を握られ、上半身を欄干から乗り出した状態で動けなくなった。

「……せめて、あなただけでも！」

出せる力を振り絞り、限界まで手を伸ばした梓子は、内侍所の女房時代には見たことのない小径《こみち》へ紫苑を突き飛ばした。

「兄様！　お願い！」

声のかぎりに叫んだ梓子の膝《ひざ》から力が抜ける。左中弁が力一杯に袴の裾を引いたことで前のめりになる。さすがに裳と異なり、袴はさっと脱げるものではない。梓子は、そのまま簀子から局へと引きずり戻された。

贄《にえ》か器か、あるいは両方にされるのか。いずれにしても、無事ではすむまい。

「なんてことを！　幾度、私の邪魔をすれば気が済むんだ、物の怪憑きが！」

誰かが駆けつけるとも知れないのに、左中弁が怒りに叫ぶ。その手が袴どころか髪を思い切り引っ張る。

「器はあとだ。いますぐに、おまえを贄にしてやる。まずは、黄泉路《よみじ》を開かねば。私は、何があろうと、彼女を取り戻さねばならないんだ！」

この場を閉鎖、あるいは失うことになれば、左中弁は亡き妻を現世に呼び戻すための場を失うことになる。いまこの時に黄泉路を開き、呼び出すよりないのだ。

「今度こそ、成功する。この局に巣くっていたモノとは比べ物にならない贄だ！」

そういうことか。あの焦げ跡は、この局に居た女房姿のモノを贄にして、黄泉路を開こうとして失敗した痕跡《こんせき》だったのだ。『すずなり』で集めていたモノの数からいって、黄泉路を通すには、モノ一体では足りなかったのだろう。

そして、梓子を第二の贄にすることが、左中弁の中では決まっているようだ。

左中弁には悪いが、梓子もまた黄泉路を通す贄には足りない。噂のように『百鬼を従え』てなどいないのだから。黄泉路と現世を繋ぐことはできないだろう。

ひとつ懸念があるとすれば、モノを縛る技と同時に、梓子は『古都の神事に関わる家』の血を受け継いでいる。それが、どう影響するかわからない。とんでもなく太い通り道を開いてしまう可能性もなくはない。だから、梓子としては、このまま大人しく贄になるつもりはない。

髪を引かれる痛みに耐えながら、梓子は懐に入れた草紙を確かめる。死者を呼び出したそのあとの、左中弁の本当の目的はわからない。もう黄泉路を開くという事象だけを目的とみなすよりない。最後の最後、無謀だとしても一矢報いるために、なにより、死者を現世に戻させないために、縛るよりない。縛ったそのあとで、逃げる体力も気力も尽きた状態でどんな目に遭うかわからずとも。

すぐにでも始める準備ができていたらしい左中弁は、足りないものが多いままでも、死者の呼び出しを強行するようだ。

左中弁は、懐から取り出した小さな箱から床に何か撒《ま》いていく。目を凝らすと、それらは衣の切れ端のようだ。

片手はまだ梓子の髪を摑《つか》んだままだ。動けないようにきつくつかんでいるせいで、梓子は強制的に頭を上げさせられている。思う方向に顔を向けられないので、視線だけ動かして状況を見るよりない。本音では、死者を呼び戻すための場が整っていくのを見たくもないのだが、一矢報いる機を逃さぬように、見ていなければならない。怪異の事象が発動した時に、その機が訪れる。その瞬間に動けるよう、いまは大人しくしているよりないのだが、つい反応しそうになる。

「あの衣って……」

左中弁が床に配置していく衣の切れ端からは、これまで見てきたよりもはるかに色濃く深い黒の靄《もや》が出ているのが視えている。靄のせいではっきりとは見えないが、梓子はその衣をどこかで見た気がした。

「まさか、卯木《うつぎ》に詰め込まれていた夜着？」

夜着の単衣《ひとえ》なんて、どれも似たようなものだ。自分で言っておいて確証はない。それでも、その禍々《まがまが》しさに、とうていごく普通の衣の端切れなどではないことだけは伝わってくる。

この場の異常は、衣の切れ端に黒い靄が視えることばかりではない。なにかが床板を下から叩《たた》いている激しい音がするのだ。だが、音がするのに、床板もその上に置かれた衣の切れ端もピクリとも揺れていないのだ。

まるで、繋がりつつある黄泉路の向こう側から、何者かが扉を叩いているかのようだ。そして、その扉が開かれる時が、梓子が贄にされる時でもある。

「もうすぐ……」

呟《つぶや》く左中弁に、梓子も機の訪れが近づくのを肌に感じる。

さらには、下から床を叩くその音に交じって、声が聞こえてきた。

「ああ、すぐそこまで来ている。……ようやく……この時が……」

左中弁が、うっとりと呟き、梓子の髪をより強く引っ張った。

漏れそうになる呻《うめ》きを吞《の》み込み、梓子は床を凝視した。

煙が立ち上るように天井に向かって吹き上がり、さらには天井を這《は》って靄が室内に充満しようとしている。局全体が怪異の場として成立しつつある、ここで縛ることはできない。最後の最後で左中弁は梓子の髪から手を離すはずだ。その瞬間に御簾《みす》の外まで走るよりない。怪異の場の外に出たらすぐに縛る。

縛れば力尽きて左中弁から逃れることはできなくなるだろうが、縛らなければ贄にされることになるのだから、やるしかない。

どちらにしても、梅壺の局には戻れそうにない。

「少将様、ごめんなさい……」

あれほど一人で動くなと言われたのに、結果的に一人で立ち向かってしまった。

呟きに涙声が混じって、語尾が掠《かす》れる。

その時、連れ戻された局の御簾の向こう側に、人影が立った。

「そういうことは、直接言ってもらいたいね」

聞き慣れたやわらかな声が、これまた聞き慣れた呆《あき》れ口調で割り込んできた。

「少将様……？　どうして……」

確認するまでもなくても、つい問う。どうして、ここに貴方《あなた》がいるのか、と。

「なぜ、貴方がここに居る？」

同じ疑問を、左中弁が放つと、御簾を上げて平然と少将が局に入ってくる。

「紫苑殿が目の前に現れた。だが、例の小径がまだつながっているようだったので、逆にこちらへ来たんだよ。私もだいぶモノ慣れたようでね、小径を通ること自体は、特に問題ないとわかっていたから、躊躇《ちゅうちょ》なく小径に踏み入ったわけだよ」

なるほど。最初に外へ出るために繋いだ小径は、『きざはし』として草紙に縛ったから、まったく同じ事象を起こすモノを再度使うことができず、事象を出口専用から出入り口に替えたのか。

それは、危ないところだった。紫苑と二人で逃げても、すぐに連れ戻される可能性があったのだ。

「あれ、でも、わたしは兼明殿の居るところに繋いだつもりだったのですが」

歩み寄る少将が、拗《す》ねた顔をする。

「多田殿にちゃんとつながったよ。その傍らに私も居ただけだ。……この件に関して、私はちょっと傷ついたよ。頼るにしても多田殿が先とは、ね。小侍従、私は君のなに？」

ついさっきまで、もう会うことはないと思っていたのだ。その人が目の前にいる。最後の最後、会えなくなることを嘆き謝るほどに、会いたかった人だ。

「……貴方は、『我が背《せ》』です」

あの瞬間、梓子は帝《みかど》の勅を果たせなかったとか、母から継いできた技がここで途絶えるとか、それらすべてを忘れて、一人に会いたいと願ったのだ。

「……その答え、あとでもう一度聞かせてね。ここは、『吾妹《わぎも》』のために、ちょっと頑張るから」

少将がいつもの、少しゆっくりとした口調で梓子に微笑むと、後ろ手に隠し持っていたらしい太刀を手に、左中弁の間近まで踏み込んだ。

「ひ、……なにを……」

短い悲鳴をあげて、左中弁が後ろに飛び退く。同時に摑んでいた梓子の髪を放す。一瞬のことだったが、太刀の先は、ほぼ左中弁の喉元《のどもと》に突き立てられていた。おそらく、兼明の太刀を借りてきたのだろうが、とんでもないものを隠し持っていた。

「……ちょっと頑張る……とは？」

明らかにやり過ぎである。宮中で流血沙汰《ざた》は、あってはならないことだ。ありえな過ぎて、左中弁が腰を抜かして、床板にへたり込んでいる。

「これくらい大丈夫だよ、小侍従。ほら、賀茂祭の直前だからね、当日の物見車の場所を巡って、公達《きんだち》同士が殴り合いとか、よくあることだよ。……おや、武官の私には、よくあることだけど、弁官の彼には慣れないことだったのかな」

多田の屋敷の郎党たちじゃあるまいし。そんな宮中でよくあることのように言わないでほしい。

「あの……それで、兼明殿は？」

梓子は、紫苑を兼明に託したはずだったのだが。

「ああ、多田殿なら、そろそろ来るんじゃないか？　彼は、モノに触れるわけにいかないから、小径《こみち》を使わずにここに向かうと言っていた。じゃあ、彼が来るまでの間に、私が左中弁様とお話をしようかな」

左中弁が床板の上で跳ね上がる。じわじわと近づいていく少将の背中が、怒りを含みすぎて、もう鬼かなんかにしか見えない。

どこにいたかによっては、兼明到着に、とんでもなく時間がかかると思うのだが……。

「早く来て兄様。少将様を止めるのは、私には無理です」

そう祈ったところで、遠くからすごい勢いで近づいてくる足音に交じって、梓子の名が叫ばれている気がするのだが……、できれば、気のせいだと思いたい。

■　六　■

近づく激しい足音は、御簾の前で急停止すると、殺した勢いのすべてを、御簾を吹っ飛ばすことに注いだ。

「梓子！」

ずっと名を叫ばれていたので、兼明が現れても驚きはしなかった。それよりも大事なことがあるというのも理由だが。

「兼明殿！　貴方がこっちに来たら倒れて……」

止めようとするも、兼明が局《つぼね》に入ってくる。だが、黒い靄の拡がった先に、ギリギリ触れないところで足を止める。モノ慣れた多田の者の直感とは、すごいものだ。

「なに言ってんだ、梓子が俺を『兄様』呼びで叫ぶなんて、よっぽどの緊急事態じゃないか。じっとしていられるわけないだろう！　だいたい、なんでそんなに髪が乱れているんだ？　誰がなにをした？　少将から太刀を取り戻し次第、斬り刻んでやる！」

本当に緊急事態だった、それはそのとおりではあるのだが、矢継ぎ早に全方位への殺気をまき散らす発言はいかがなものか。ちょっと落ち着いてほしい。

「安定の兄馬鹿……」

左中弁に詰め寄っていた少将が、肩越しに振り返ると、ボソッと呟く。

「あ、はい。緊急事態でした。それで紫苑さんを兼明殿にお願いしたのですが……、その紫苑さんをまさかどこかに置いてきたのですか？」

やや責める口調になったところを、兼明が胸を張って反論する。

「いや、急ぎだったから、肩に担いできた。御簾を上げたかったから、すぐそこで降りてもらったが」

殿方が苦手で内気な紫苑を肩に担ぐとか……。せめてそこは、肩でなく背中に担いでいただきたかった。

「いや、そんなことより、兼明殿。せっかくこの場から逃げていただいた紫苑さんを連れて戻ってくるとか、いったい何を考えているんですか？」

「ん？　紫苑殿がお望みになったので、お連れした」

基本、女性の言うことに逆らわないあたり、とても兼明らしいのだが、ここはちょっと考えてほしかった。

「とにかく紫苑さんには、ここから離れていただかないと」

梓子が急ぎ簀子《すのこ》へ出ようとしたが、その梓子を押し返す強さで、紫苑が局に入ってきた。彼女は局の中を見回すと、捜していた人物を見つけて叫んだ。

「左中弁様、もうやめてください！」

殿方相手に、紫苑が立ち上がった状態で力いっぱい叫んだのだ。

だが、その直後に、膝《ひざ》から崩れて、座り込む。

「紫苑さん！」

抱き起こそうとしたが、紫苑はそのまま床板に伏して、左中弁に訴えかけた。

「……お願いです、もう姉様を解放してください！」

少将に詰め寄られて後退していた左中弁が、さらに後ろへと下がる。

「か、解放……とは、大げさな」

紫苑を正視することなく、顔を背ける左中弁に、少将が問いかける。

「その反応、どうやら身に覚えがあるようだね、左中弁様？」

少将は、笑いながらそれを指摘し、手にしていた太刀を兼明に返した。

より確実に左中弁を斬れる兼明に委《ゆだ》ねたというほうが近い。受け取った兼明は、大きく頷《うなず》くと、当然のように左中弁に対して太刀を構えた。

こういうところが、なんだかんだで意見を同じくすることが多いというのだ。

「身に覚えなどと何を……。少将殿ともあろう御方が、あの頃流れたくだらない噂を信じられたのですか？　あんなものは妄言ですよ」

局の囲い板まで後退した左中弁は、そのまま板を背にして立ち上がった。少将と兼明の二人に見下ろされている状態は分が悪いと思ったのかもしれない。

だが、言い捨てる言葉には、力がない。だいたい、実のない噂ばかりされている側である少将が、噂で聞いた話なんてするわけがないのだ。

少将は例によって圧のある笑みで、左中弁に反論する。

「あいにく、私は噂話を信じない性質《たち》でね。だから、これもいいかげんなことを言っているわけじゃない。……淑景舎の北西の角にあるこの局で、かつて私は、この声の主本人から聞いたんだよ」

左中弁が息を呑《の》んだ。それを横目に見据え、少将が淡々と話し出す。

「その日、東に昇った夏の月を見上げて女房が一人、嘆いていた。夏の短い夜でさえ、早く朝が来いと祈らずにはいられないと歌っていたよ。聞けば、何者かの訪れを怖れているようだったから、慰めに夜が明けるまで歌を交わして過ごしたんだ。どなたかがおこした愚行のせいで、男女の仲を疑い、弓を射かけ合うようなことは避けられている。宮中では特に、ね。だから、殿舎のどこかで歌を詠む男の声がすれば、ほかの男は近づくこともしない」

もしかしなくても、その『どなたか』は准大臣だ。まだ若き内大臣であったころ、自身の通う女性の屋敷で先帝を目撃した彼は、恋人にちょっかいを出されていると勘違いして先帝相手に矢を射かけるという事件を起こした。あの人の数多くある愚行の中でも最大級の事件で、これにより出仕停止処分を受け、内大臣の地位も失った。時をおいて、内大臣に復帰したが、もう内大臣止まりで終わることを、皆わかっていた。

関わりたくなくても、どこかしらで、その存在を意識する必要が生じるのだ。

父親のことで呆《あき》れていた梓子の表情に、何か思うところがあったのか、少将が梓子に向けて微笑んだ。

「無論節度は守ったよ。御簾《みす》越しの声しか知らないが、私にはその声だけで十分だ」

さすが、宮中の女房たちの声をすべて聞き分けると言われている耳の持ち主というところか。床下からの、何を言っているのか言葉が明瞭《めいりょう》に聞き取れない声であっても、その声が誰のものなのか判別できるらしい。

「私の耳は特別だ。……たかだか、身体を失った魂の叫びくらい、聞き分けられないはずがない。彼女は、この局にかつていた女房殿は君に会いたくなかった。いまも、ほら……黄泉路《よみじ》の向こう側で『戻りたくない』と叫ぶほどに、君を恐れ抗《あらが》っている」

声の聞き分けばかりか、言葉の聞き取りもできていた。少将の耳は特別過ぎる。もしくは、まだ外術の発動を止めていない左中弁への牽制《けんせい》か。

「違う、彼女はそんなことを言わない！　妻は私を想ってくれていた！」

左中弁の反論に少将が鼻を鳴らして笑う。大きく一歩、左中弁に詰める。

「重惟殿、君は私に『女性の心がわかっていない』などと説教できるんだ？」

太刀を兼明に返したというのに、まだ斬りつけているように見えてならない。その少将の煽《あお》る物言いに太刀を構えたままの兼明が渋い顔をする。

「うわぁっ。当代一の色好みが言うと、重いな……」

裏がない兼明の物言いが、より少将の言を重くする。

「考えを否定されるのは苦しい？　でも、彼女も苦しんでいたよ。……彼女は、この末法の世で生きることに苦しんでいた。出家を望んでもいた。でも、どちらも否定されて、さらに苦しくなって、苦しすぎて、はかなく……」

掠《かす》れるような声が、本当に苦しそうだ。だが、少将が想いを口にしたからか、床板を下から叩《たた》くような音が小さくなる。交じって叫んでいた声も遠くなったように感じる。見れば、天井に煙のごとく立ち昇り、局中に広がっていた黒い靄《もや》は、勢いを失っている。怪異の場が急激に収縮していくのがわかる。

「……これなら、この場でもいける」

梓子は乱れた髪をそのままに、体勢を整えると、草紙と硯箱《すずりばこ》を懐から取り出した。

その呟《つぶや》きさえも聞こえているのか、少将が左中弁を囲み板に追い込んだ。局の囲み板を背にした左中弁がさらに下がることなんてできないのに、少将が詰め寄るたびに左中弁は追いつめられていた。少将が、囲み板に背をくっつけて小刻みに震える左中弁に顔を寄せた。

「左中弁様。……貴方《あなた》では、彼女を呼び戻すことはできない」

膝の力が抜けたようだ。左中弁が耳を塞《ふさ》いで、ずるずるとその場にしゃがみこむ。

「小侍従。縛るんだ」

振り返った少将が見慣れた笑みを浮かべて、左中弁から取りあげた布片の入った小箱を、衣の切れ端の置かれた床板の真ん中に放る。

「はい！」

梓子は草紙を手に、筆を構えた。

「ゆめよりも　はかなきものは　なつのよの」
夢よりも儚《はかな》いのは、短い夏の夜が終わり
「あかつきかたの　わかれなりけり」
明け方に、あなたと別れて帰らねばならないことです

言の葉に歌徳が宿り、文字が鎖となって黒い靄を縛り上げる。

「その名、『あたらよ』と称す！」

鎖は床板に落とされた衣の切れ端も巻き込んで、草紙に引きずり込んだ。

あとには、まだ前回の焦げた跡の残る床板があるだけ。黄泉路の向こう側から床を叩く音も、そこに交じる声も消えた。黄泉路は現世に繋《つな》がることなく閉ざされた。局《つぼね》の囲み板を背に座り込んだ左中弁は、すでに震えていなかった。ただ、呆然《ぼうぜん》と何もなくなった床を眺めている。梓子は彼の前まで歩み寄った。

「明けるのが惜しい夜だったと思う時、もう夜は終わっているんですよ」

今回言の葉の鎖として使った和歌は、壬生忠岑《みぶのただみね》が後朝《きぬぎぬ》の歌として送ったものだという話になっている。後朝の歌である時点で、恋人との逢瀬《おうせ》の夜は終わっているということになる。

「夢よりも儚い夏の夜が明けたのです。重惟様、お別れの時ですよ」

梓子はその場にしゃがみ、左中弁と目を合わせた。正気を失った目はしていない。命を奪われることもなく、現世に魂をとどめている。

通常、外術に失敗すれば、相応の報いを受ける。『もものえ』での丁子《ちょうじ》大納言のように。だが、今回は、黄泉路を繋ぐに至っておらず、術が成立していないため、返しはなかったようだ。もっとも、宮中で外術を行なった左中弁は、出仕停止をはじめ、すべてを取り上げられることになるだろう。生きて、外術の報いを受けるわけだ。

それにしても、多くの人を巻き込んで、これほどの外術を行なおうとするのだ。モノよりも常の人のほうが怖いというものだ。

だからこそ、その一縷《いちる》の望みさえも断ち切るべきだ。

「左中弁様。死者の魂を引き寄せる術そのものを縛りました。……もう、この外術に死者の魂を引き寄せる力はありません。『あたらよ』は、夜明けの別れを示すものになりました。いつか、またこの術で誰かを呼び出そうとしても、それはすぐに別れの時を迎えることになります。お忘れなきように」

言うべきを言い終えた梓子は、立ちあがると少将を振り返った。例によって、体力も気力も枯渇しているが、どうしてもお礼を言っておかねばならない。

「ありがとうございました、少将様。おかげで、あの小箱も含めて、一度に縛ることができました」

少将が意図的に左中弁を追いつめていたのは、あの小箱の中にこそモノの本体があることに気づいたからだろう。もちろんその箱から出てきた衣の切れ端もまとめて縛らねばならなかった。

　分割状態でモノを縛ることなどやったことがないが、分割されている状態で、どちらかだけ縛っても、全体を縛ったことにはならない可能性は高い。その場合、同じ和歌は使えないし、名前も複数必要になる。しかも、縛られたモノ同士のつながりが断てていないとなれば、それぞれが中途半端な状態で物《もの》の怪《け》化することになる。新たな名をもってしても縛ることができず、かつ陰陽師《おんみょうじ》や仏僧でも下すことができない存在になっていたかもしれない。そうなれば、どの方法も効かない最強の怪異が誕生していた。怖いことだ。少将の判断には感謝しかない。

　だが、少将本人は苦笑いで梓子の謝意を受け止めた。

「ほぼ私怨《しえん》だよ。君に触れるなんて、どうにも許しがたくて、ね。髪もこんなに乱れて……痛かったでしょう」

　少将がのばした指先で梓子の髪に触れた。少将の薫物《たきもの》が鼻先をかすめる。そのことに安堵《あんど》し、なけなしの気力も切れて、膝《ひざ》から崩れる。

　ただ、そこはモノ慣れた少将が目の前にいたわけで、ちゃんと支えてくれた。

「……共に過ごした時を惜しむことが別れを呼ぶとは、怖い話だね」

　呟く少将が、梓子を抱き留めた腕に力を込めた。

「朝が来るたびに別れたくなんてないから、一緒に居てほしいんだ」

それが二条の御屋敷の話をしているのだとわかった梓子は、まだ力の入らない手で、少将の衣を握った。想いは同じであることを伝えるために。

色々ありすぎた斎院《さいいん》の御禊《ごけい》の前日。すでに更夜であったが左大臣が参内し、帝《みかど》と今回の件とその影響をどう抑えるかについて話し合っていた。

今回関わった面々はその話し合いの結果を梅壺で待つことになり、梓子の局に集合していた。なんとはなしに話していても、話題は必然的に左中弁のことになる。

「夕刻、わたくしは、改めて父に呼ばれて、前回はあいまいにされていた姉の死の真相を聞きました」

これまで、紫苑の父が三の君の亡くなった時の話を遠回しにしてきたのは、紫苑の『殿方が苦手』に拍車がかかるような、男性不信につながる話は聞かせたくなかったからだそうだ。なにせ、紫苑は、殿方からの恋文にはまったく返信をしようとしない。数ある縁談も紫苑が乗り気じゃないために話が進まない状態にあり、父親としては、できる限り知らせたくない話だったようだ。

「姉の出家を許さなかったのは、左中弁様だったそうです。出家したからと言って、会えなくなるわけじゃないんだから許すように、父が説得していたようですが、陰では、姉には婚家との縁が途切れぬように子を産んでもらう必要がある、子を産むまでは出家させるわけにはいかない……と。ほかにも、出世のためには、あの婚家の娘を逃がすわけにいかないとも口にしていたらしいです」

　貴族女性は、ほとんどの場合が在家出家であり、尼寺に入ることは稀《まれ》だ。だから、もう二度と会えなくなるというわけではない。それでも、出家を許さなかったのは、ただ会うだけではダメだったから、ということだ。

「要するに、出世に影響力のある家の婿でいるために、紫苑さんの姉上様には俗世にいてもらわないと……ということですか。身勝手な理屈ですね」

　殿方というのは、地位安定のためなら女人の側の気持ちなんて、考えないものらしい。

『もものえ』を思い出し、低い声で呟いた梓子に、少将と兼明は表情を曇らせる。

　御簾《みす》の外の二人に聞こえてしまったことを反省し、梓子は蝙蝠《かわほり》を広げ、口元を隠すと、視線で紫苑に続きを促した。

「……父は、当初それらの話はたんなる噂で、左中弁様は本気で姉を大事にしていると信じていたそうです。その後、結局、子を産むことなく姉が亡くなりました。婚家として、左中弁様との縁はなくなったはずでした。ですが、その後も、ことあるごとに我が家に顔を出していらした。それは、亡き姉を偲《しの》んでいたわけではなく、任官の口添えがなくなるのを恐れてだったのでしょう。噂が嘘ではないと気づいた父は、姉の苦しみを思い、母と二人で泣いたそうです。……それからは、色々理由をつけて左中弁様を遠ざけるようになりました」

　その後、紫苑の実家は、右大臣側から左大臣側に鞍替《くらが》えする。宮中では権勢を見て乗り換えるとはあからさまだと言われるも、すぐに参議に昇り、上達部《かんだちめ》となったことで、表だって文句を言える者はいなくなった。

「左中弁様が後妻にわたくしをお望みになったのも、わたくしが左の女御様の女房になってからのこと。政の潮目がますます左に傾くのを見て、わたくしを妻にし、姉のように扱おうと思ったのだろうと父が申しておりました。……後添えの話を両親に断られて、わたくしに直接お声を掛ける伝手《つて》をお求めだったらしいですね。兼明殿からもお話を聞かせていただきました」

二人が話していたことを、梓子は知らない。父親が更なる男性不信を心配するほどに殿方と話すのが苦手な紫苑が、いつのまにか兼明と……。もしや、兼明が紫苑を肩に担ぎ上げているときのことだろうか。

「おそらく、今回の計画はその頃から考えていたのでしょう。姉をよみがえらせて、婚家との縁も復活させようと」

紫苑相手に亡き妻の思い出をあれほど切々と語っていた裏で、そんなことを考えていたとは……。呆れを通り越し、困惑して紫苑の顔を見た梓子は、その横顔に気づく。紫苑は怒っていた。内気で遠慮がちで、小さな声の紫苑は、喜怒哀楽の『怒』が圧倒的に欠けている人だった。だが、いまは一芸である裁縫でこだわりを見せる時と同じ、とても力強い声で話している。

「兼明殿が、左の女御様の記録係になった藤袴殿の乳母子《めのとご》であること、なぜか怪異に関わることになった女房であることを聞きつけた左中弁様は、自身も怪異の場に居合わせることで藤袴殿との縁をとりつけ、梅壺に行く口実を得た。さらには、わたくしにお声がけになる縁まで……。ずいぶんと悪運の強い方です」

思い出すと、左中弁にも大きな声で姉の解放を訴えていた。大きな声を出したことは、紫苑の中で、いい経験になったのかもしれない。

「大丈夫です。紫苑さんは、左中弁様の思うとおりになんてなりませんから！」

梓子は蝙蝠を膝横に置くと、紫苑の手を取った。驚いて、少し目を見開くも、梓子の想いが伝わったのか、紫苑が微笑む。

「はい。……『みそぎにぞせし』ですね」

それは、賀茂祭の物見に来ていた女車に誘いの歌を送った男への返歌であると言われている和歌の結句だった。葵《あおい》の『あふひ（逢《あ》う日）』にかこつけた誘いに、斎院の御禊《ごけい》と絡めて、もう葵は禊《みそぎ》を済ませているので、お断りですと返す歌である。

「そうですね。……では、それを言うためにも、斎院の御禊を見物に行きましょうか」

「それはいい。いまから車を手配するのも大変だろうから、私の屋敷のものを出すよ」

梓子の提案に、少将が車の提供を申し出てくれた。だが、すぐに兼明が割り込む。

「いや、そこは多田の車がありますから、問題ないです。桔梗殿からも場所取りを頼まれているし、いまから一台増えるぐらい、問題ないですよ。紫苑殿もいかがです？」

始まれば終わりそうにない言い合いに、梓子は苦笑いを浮かべて思う。

一番の問題は、反魂《はんごん》の場に居たことで触穢《しょくえ》した自分たちに、はたして賀茂祭への参加が許されるか否かなのだが……。

そのあたりを帝と左大臣が話しているのだと思うが果たして、どうなるだろう。

そう思っているところに、萩野から声が掛かった。母屋《もや》の御前に四人まとめてお召しとのことだった。

■　終　■

四人をお召しになったのは、話し合いを終えた帝である。

「まず、例の局《つぼね》だが、改めて蔵人所の陰陽師である左京権大夫の指示で徹底的に祓《はら》いをさせることになった。囲い板で気の流れを止めたことが良くなかったかもしれないとかで、壁代《かべしろ》に替えるそうだ。時機を見て人を置き、気を循環させるとのことだ」

それで周辺に影響はないのだろうか。とはいえ、当代最高位の陰陽師が決めた対応だ。問題ないのだろう。梓子は納得しておくことにして、次の話を待った。

「次に、左中弁だが……、彼は出家した。正確には、後ろについている者が自身への影響を鑑《かんが》みて、話を耳にするなりすぐに手配をして出家させたようだ。内裏で反魂を試みるなど、官位剝奪《はくだつ》を免れない罪だ。後ろ盾も責任を問われる。その前に仏門に入ることで反省を示し、本人の問題に留《とど》めようということだな。……一種の逃亡だね」

帝はお怒りのようだ。

「朕が左大臣と話をしている間に、どこからか手が回り、こちらが詳細を聞く前に内裏から連れ出されていた。そのため、誰があの者に、今回のような方法を教えたのかはわからなかった。それが惜しまれる」

それは、たしかに惜しまれる。左中弁の言っていたことから、『きざはし』から『あたらよ』まで、すべてに彼は関わっていたようだ。いったい誰が……。

そして、その『誰か』は、なんのために、左中弁にそんなことをさせたのだろうか。

考えながら帝の話を聞いていた梓子に、突如として帝が笑いかけてきた。

「そうそう、藤袴。どうやら、当初あの者は藤袴を内裏から出したかったようだぞ。そのための祭見物への誘いだったらしい。すぐに戻れない状況を作り、いない間にことを成そうと考えたわけだ」

捕えられた左中弁は、あの局からの移動の際、梓子がいなければ、うまくいったものを……と文句をまき散らしていたそうな。

「そなたが内裏に居るだけで、良からぬモノが良からぬことをできなくなるらしい。こちらとしては、良きことだ。今後の働きにも期待している」

評価はありがたいのだが、即時には賛同しかねるお言葉である。

「多田の者は、藤袴の処遇について色々言いたいこともあるだろうが……」

梓子同様黙っていた兼明を、帝が愉《たの》しそうに突《つつ》く。

「うぐぅ……。けっして、主上のお決めになったことに反論など……」

この『反論などしない』まで言えないところが、兼明らしさだ。そして、それは帝の期待通りなのである。

「言っていることと、表情がかみ合ってないな。良いぞ。朕は、そなたにも今後の働きを期待しているぞ。最後に、左京権大夫からは禊はしたので、そなたたちが祭見物に行っても問題はないそうだ。今回の件は、これで終わりだ。今度こそ、祭を楽しんでほしい。朕の望みはそれだけだ」

兼明に睨《にら》まれた帝は上機嫌で言って、皆を下がらせた。

御前を下がり、局に戻ろうとする梓子と、簀子《すのこ》側に出ようとする少将が並んでいるところに、兼明の声が掛かった。

「右近少将様。言いたいことは色々ある。だが、いま言うべきは二つだ」

礼をとるでもなく、真っすぐに少将と目を合わせると、兼明が二本指を突き出す。

「ひとつに、梓子の縁談を俺が世話する件はなくなった」

これは、左中弁以外の誰かとの縁談を持ち込むこともないということだろうか。

唐突な仲介人辞任宣言に、梓子と少将は顔を見合わせた。

「ふたつに、右近少将様は梓子をお守りくださる方であると理解した。宮中を流れる梓子の噂には、あまりに実がない。俺はあんな嘘だらけの噂なんぞ、信じないし認めない！　……同じことが、右近少将様の噂にもあるのだと思う。俺は、二人がモノ相手に戦っていた夜を知っている。でも、同じ夜、噂では、右近少将様は右京四条《うきょうしじょう》の女性を訪ねていたことになっていたからな」

「そうか。私の実を見てくれて嬉《うれ》しく思うよ、多田殿。……それにしても、宮中には本当に暇人がいるようだね」

少将の苦笑いに、まったくだ、と大きく頷《うなず》いた兼明が、急に表情を険しくする。

「……まだひとつ、言うことがあった」

何かと思えば、今度は少将ではなく、梓子のほうをまっすぐに見てくる。

「梓子。あれほど、俺と右近少将様が一人で動くなって言ったのに、結局一人で危険に飛び込んだのは、どういうことだ？」

左中弁と二人だった……は通じない話だろうから、黙って受け止めることで反省を示していると、傍らの少将からも説教された。

「それは、私も多田殿に同意見だ。……君が、紫苑殿を多田殿に託したその時、私たちは、君が勝手に動くことを懸念して、賀茂祭の期間はどちらか一人は宮中に居るようにしようと相談していた。まさか、その相談中にも、一人で動いて、危ない目に遭っているとは思わなかったよ」

それで、紫苑を兼明の下に送ったのに、少将が来たわけか。梓子は納得と同時に、つい笑ってしまう。

「……ほら、やっぱりお二人は同意見であることが多いじゃないですか」

指摘に返されたのは、この上ない呆《あき》れ顔だった。

「君が、まったくわかっていないからだよ」

「まったくもって同意見だ」

ほら、また同じ意見……とは、もう言わないでおいた。

兼明が夜回りのために梅壺を去ると、少将は祭使の行列に参加する準備のために自分も下がらねばならないが少しだけ、と言ってから、いつものように梓子の局の御簾《みす》の前に座した。

「小侍従。すでに言ったことだけど、私は、この身に憑《つ》いたモノを、ちゃんと祓うと決めた」

少将には珍しく、柱にはもたれず、初めから御簾に寄って、囁《ささや》くように語る。

「かつて、出家に挫折《ざせつ》した私は、自身に憑いたモノを放置して、消極的な自死を選んだような状態だった」

それは、少将ならば、できなくもない気がした。『あかずや』の件で、はじめてお姿を見たときから、寝不足で、常に気だるい様子だった。あのころ、かなり体力も気力も削られていたのだと思う。

「でも、君といることで、こんな私でも少しばかり欲が出てきた。もっと、生きていたくなったんだ。君のとなりで、ね」

少将の手が、御簾の下から忍び入り、梓子の手に触れる。

「君が『きざはし』の件で、モノからの直接の被害を受けた。君が目の前で消えたことに、とても衝撃を受けたよ。……私は心のどこかで、君はモノの被害に遭わないいんじゃないかと思っていた気がする。次の『すずなり』では、特に意識されることのない小さなモノであっても、集まれば大きな力になるのだとわかった」

そっと触れていた少将の手が、梓子の手を握った。

「……それを知ってしまうと、私の身に憑くモノが、いつか君に害を及ぼすんじゃないかと思えて、とても怖くなった」

少将の抱える不安がわかる。『あたらよ』の局に、見たはずの女性が、モノだったと知った時、あの日、局に入っていった少将をそのままにその場を去ったことを強く後悔した。同時に、これまでもこれからも、少将を危ない状況に巻き込んでいることを突きつけられた気がして、とても怖くなったから。

不安に冷えた梓子の手を、少将が宥《なだ》めて撫《な》でる。

「早く祓《はら》ってしまおう……と、そう思ってはいたんだけど、宮中は怪異が多すぎて、自分に憑いているモノと向き合っている暇もない。『おもかげ』の件だって、先にどうにかしようと思って少し君から離れたら、君が怪異に飛び込んできたからね。まったく目を離せない。多田殿があれほど心配するわけだよ」

そういう共感が、二人を同意見にしているようだ。

「……すみません」

「君が謝ることはない。謝るべきは私のほうだ。周囲が君といることで私が物《もの》の怪《け》に害されてしまうと口にするたびに、そうじゃない逆なんだって、祓わねばならないモノを憑けているのは私のほうだ、と……一人で焦っていた。我が身に憑いたモノをどうにかしなければ、君と一緒に居ることはできないんだと思い込んでいたんだ」

少将が望んでモノに憑かれているわけではない。寄ってきてしまうことは、彼自身ではどうにもできないことだ。やはり、モノのいる場に自ら飛び込んでいく梓子のほうが悪い。どう考えても、謝るべきは自分のほうだ。

少将の手を梓子から握った。

「駄目です。少将様がいたから縛ることができたモノもいるじゃないですか。『あたらよ』だって、少将様がいらっしゃらなかったら、黄泉路《よみじ》を繋《つな》ぐ贄《にえ》にされたか、それを邪魔して直接左中弁様に殺されていましたよ！」

「うん、そうだね。この体質が君の助けになることもあるというのは、私もちゃんとわかっているよ」

少将のもう片方の手が御簾を少し上げて、梓子の髪を撫でた。顔を上げれば、御簾の内に半身入った状態の少将が、間近で微笑む。

「だから、どうせまた憑くからなんて思わずに、根気よく、何度でも祓うことに決めたんだ。……それでね、小侍従。これは私からのお願いだ。君には断ることもできるから、よく考えて答えてほしい」

いつもとは違い、少将の笑みに圧はなく、ただただ穏やかな声で梓子を包み込む。

「君を『吾妹《わぎも》』と呼び、これからも君とともに歩むことを許してくれるだろうか？」

その問いかけは、ゆっくりと梓子の中に染みこんできた。

「……少将様こそ、よろしいのですか？　少将様は、これまでも、巻物に閉じ込められたり、卯木《うつぎ》の葉や枝が落ちてきて襲われたりと、かなり危ない目に遭っておいでです。それは、わたしとともに怪異に関わる限り、これからも起こり得ることです」

自分と居ることとの危険性を口にしながら、梓子は少将の衣を摑《つか》んでいた。

「……わたしには、モノを祓うことも封じることもできません。縛ることは、目の前のモノが物の怪化することを先延ばしにするだけの行為でしかないのかもしれません。なにより、わたしは、貴方《あなた》の身をお助けする術《すべ》を持っておりません！」

少将が自分と居ることとの危うさならいくらでも出てくる。それでも、梓子には、自ら少将の衣を放すことなどできないのだ。

だから、先ほどの少将の問いかけに、梓子も問いかけを返した。

「それでも、貴方を『我が背《せ》』と呼び、わたしと一緒に居てほしいと願ってもよいのでしょうか？」

髪を撫でていた少将の手が、梓子の頰を撫でる。

「もちろんだよ。……お互い、一人で焦らずに、一緒に歩いていこう。ね？」

再び少将から投げかけられた言葉に、今度こそ梓子は答えた。

「はい」

明けるのを惜しんだ夜が明けたとしても、お互いの手を離さない。

二人は互いの両の手を合わせ、指を絡めると強く握って、それを誓った。

【主要参考文献・サイト】

『「御堂関白記」全現代語訳　上』藤原道長　倉本一宏・訳　講談社学術文庫
『「権記」全現代語訳　中』藤原行成　倉本一宏・訳　講談社学術文庫
『新版　万葉集　現代語訳付き』伊藤博・訳注　角川ソフィア文庫
『古今和歌集』中島輝賢・編　角川ソフィア文庫（ビギナーズ・クラシックス　日本の古典）
『有職故実　上・下』石村貞吉　嵐義人・校訂　講談社学術文庫
『新訂　官職要解』和田英松　所　功・校訂　講談社学術文庫
『源氏物語図典』秋山虔、小町谷照彦・編　須貝稔・作図　小学館
『有職植物図鑑』八條忠基　平凡社
『日本の装束解剖図鑑』八條忠基　エクスナレッジ
『日本服飾史　男性編』『日本服飾史　女性編』井筒雅風　光村推古書院
『牛車で行こう！　平安貴族と乗り物文化』京樂真帆子　吉川弘文館
『源氏物語　六條院の生活』五島邦治・監修　風俗博物館・編集　青幻舎
『安倍晴明　陰陽師たちの平安時代』繁田信一　吉川弘文館（歴史文化ライブラリー215）
摂関期古記録データベース　https://rakusai.nichibun.ac.jp/kokiroku/
和歌データベース　https://lapis.nichibun.ac.jp/waka/menu.html

本書は書き下ろしです。
この物語はフィクションであり、実在の人物・
地名・団体等とは一切関係ありません。

宮中《きゅうちゅう》は噂《うわさ》のたえない職場《しょくば》にて　二

天城智尋《あまぎちひろ》

令和5年 12月25日　初版発行

発行者●山下直久

発行●株式会社KADOKAWA
〒102-8177　東京都千代田区富士見2-13-3
電話　0570-002-301（ナビダイヤル）

角川文庫 23953

印刷所●株式会社暁印刷
製本所●本間製本株式会社

表紙画●和田三造

ISBN 978-4-04-114410-7　C0193

角川文庫発刊に際して

角　川　源　義

第二次世界大戦の敗北は、軍事力の敗北であった以上に、私たちの若い文化力の敗退であった。私たちの文化が戦争に対して如何に無力であり、単なるあだ花に過ぎなかったかを、私たちは身を以て体験し痛感した。西洋近代文化の摂取にとって、明治以後八十年の歳月は決して短かすぎたとは言えない。にもかかわらず、近代文化の伝統を確立し、自由な批判と柔軟な良識に富む文化層として自らを形成することに私たちは失敗して来た。そしてこれは、各層への文化の普及滲透を任務とする出版人の責任でもあった。

一九四五年以来、私たちは再び振出しに戻り、第一歩から踏み出すことを余儀なくされた。これは大きな不幸ではあるが、反面、これまでの混沌・未熟・歪曲の中にあった我が国の文化に秩序と確たる基礎を齎らすためには絶好の機会でもある。角川書店は、このような祖国の文化的危機にあたり、微力をも顧みず再建の礎石たるべき抱負と決意とをもって出発したが、ここに創立以来の念願を果すべく角川文庫を発刊する。これまで刊行されたあらゆる全集叢書文庫類の長所と短所とを検討し、古今東西の不朽の典籍を、良心的編集のもとに、廉価に、そして書架にふさわしい美本として、多くのひとびとに提供しようとする。しかし私たちは徒らに百科全書的な知識のジレッタントを作ることを目的とせず、あくまで祖国の文化に秩序と再建への道を示し、この文庫を角川書店の栄ある事業として、今後永久に継続発展せしめ、学芸と教養との殿堂として大成せんことを期したい。多くの読書子の愛情ある忠言と支持とによって、この希望と抱負とを完遂せしめられんことを願う。

一九四九年五月三日